U0112244

Drunk
in
China

醉在中国

Derek
Sandhaus

［美］德力·桑德豪斯——著

李同洲——译

浙江文艺出版社
Zhejiang Literature & Art Publishing House

献给凯瑟琳，

感谢你包容了我的好习惯和坏习惯。

致中国读者

你正在读的这本书，是一段旅程最完满的结局，而这段旅程甚至不像真实发生过一般。我人生的前二十三年是在美国度过的，从未想过自己有一天会在中国生活。我并未专门研究过这个国家与中文，只是一时兴起才搬去那里。当我第一次遇到白酒时，它让我嗤之以鼻。

这本书的存在会让年轻时的我惊讶不已。更令我惊讶的是，它引起了世界上一部分人的共鸣。除了极少的例外，这些人都没有听说过白酒，更不用说尝过白酒了。而且，我从未料想这本书会被翻译成中文。

从第一个词开始，这本书的中文版就给出版商带来了诸多挑战。英文标题"Drunk in China"不可能做到充分翻译，因为英文的"drunk"有多种意义。它可以表示一个酒喝多了的人（酒鬼），一种喝多了的状态（醉），也可以表示被喝掉的东西。此外，由前两个英语单词的组合发音构成了第四种意义，即"醉中国"（drunken China）。

在翻译这本书时，译者面对的真不是什么好差事，因为他只能选择其中某一种语义来翻译，而不得不舍弃其余的阐释。我之所以强调这一点，是因为这与我坐下来着手写这本书时的工作恰好相反，我那时要做的，是以非中文读者能够理解的方式来翻译中国的饮酒文化。

我从几个不同的渠道选取了写作素材。其中大部分来自我在中国生活时遇到的人：朋友、熟人及同事。他们敞开心扉，耐心地解释那些对于成长于中国文化中的人来说显而易见的事情。剩下的学问则是由在过去几千年的不同时期研究中国饮品的中外作家传授给我的。最后，我还借鉴了自己作为一名外国人在中国长期居住的经验。我努力将这些线索编织成一套严谨的叙述，尽力捕捉我对白酒的热情，以及对这个创造出了白酒的国度的迷恋。

恰如书名一样，这本书试图同时传达几种含义。我想让读者不仅能理解白酒和当代中国的饮酒文化，还能理解致使其产生的社会历史条件。展示中国酒在空间和时间上的多样性的同时，我希望能说明中国本身的复杂性。最重要的是，我希望人们能更好地欣赏白酒，并在国际烈酒的领域里为它开辟更多的空间。

我预计中国读者对这本书的反应会与英文读者不同。首先，中文版比英文版要短一些。在中文版编辑的建议下，对某些在中国读者看来显而易见或令人反感的段落进行了删改。以一名外来者的眼光来接触这种题材，我的观察有时可能会显得过于简单化。为此，我请求中国读者能原谅本书的各种不足，尽管我们之间可能存在无心的文化误解，但希望这不会成为你享受阅读的障碍。

写这本书时，我心中抱持着一个信念：无论族群和个体之间存在着多么巨大的差异，也许它们都可以被愉悦的谈话和美酒缩小弥合。我将自己的作品被译成中文视作一种殊荣，并希望借此来回报中国，因为它让我的人生丰富了许多。

结束这篇序言之前，我必须要感谢在中文版诞生过程中给予了重要帮助的许多人，包括安德鲁·纳伯格联合国际有限公司北京办事处的黄家坤和乔明睿、译者李同洲、出品方果麦文化，还有我的经纪人彼得·伯恩斯坦，没有他，这本书的任何译本都不会成为现实。

感谢，干杯！

德力

2021 年 12 月

于美国华盛顿哥伦比亚特区

目录

浊醪谁造汝，一酌散千忧。

——[唐]杜甫《落日》

引言　　初次啜饮

脱缰之马

-

调酒师：杰西·沙贝尔（Jesse Shapell）

美国纽约，盈成餐馆

-

清香型白酒和青柠汁各约 20 毫升，拉塔菲亚（Rapa Giovanni Ratafià）樱桃利口酒和花椒糖浆各约 15 毫升，雷根（Regan's）苦橙酒约 1/3 茶匙，充分混合，摇匀后倒入酒杯，放置一片青柠使其漂浮于酒液表面。

我第一次喝白酒是在 2006 年的感恩节。当时，我在上海一座高层公寓，第一次和刚刚来到中国的英文教师以及少数中国朋友一起庆祝感恩节。按照美国的聚餐传统，每人带来了一道菜，大家吃着东西，热情程度各有高低。大家带来的要么是稀薄无味的黄色啤酒，要么是仅能勉强入口的葡萄酒，阿维带来的东西则有些特别。这小子来自美国费城，总是一副自以为是的样子，穿着一双超酷的运动鞋。他递给我一个十分可疑的绿色瓶子，瓶子的标签上印着一颗红星。我双手拿着瓶子翻看，里面的透明液体来回流动着。标签上印着一堆神秘难懂的汉字，毕竟我那时还看不懂中文呢。

"这是什么？"我问阿维。生发水、耗子药、煤油？他当时说什么我都会相信，因为要我自己猜，也差不多是这类东西。

"闻一下。"他回答，几乎难掩自己的得意。

咱们坦白说吧：如果一个成年人让你闻什么东西，他应该没安什么好心。但这种气味让我完全没有防备，闻起来就像是有人把一包脏污不堪的运动短裤塞进了一桶发酵鱼露里，再加入下水道疏通剂、烂水果和蓝纹臭奶酪，之后又浸泡了好几天。那是一种从地狱深渊里升腾起的味道，你闻到这气味后立刻惊醒，发现自己身在一个连环杀手的地下室里，他正准备拿你找乐子呢。这气味让我年轻无知的大脑惊恐万状，所以，我当然要尝一口。

我的嘴瞬间着起火来，白色的火苗烧灼着我的每一寸舌头、双唇、牙龈和喉咙。那液体烫煳了我的食管，在我的胃里扔进了一块燃烧的煤炭。等我的脸部恢复知觉，酸刺感消退时，嘴里只留下一股带着果香的苦味，还有一种立刻寻求战争罪法庭帮助的冲动。

无论从前或往后别人如何捉弄我，阿维绝对是最狠的那个。但自从抿了这第一口，我就成了这个恶作剧的参与者。我要把酒瓶递给下一个没见过世面的土包子，让伤害继续下去。幸灾乐祸的诱惑太强大了。"这玩意儿叫什么？"我问他。

"白酒。"

"白——酒？"我一字一字生硬地重复道。这听起来像是"Bye joe（再见，伙计）"。

白酒，字面意思为"白色的酒"，我后来才知道这个词指代所有的中国传统谷物烈酒。中国的烈性酒都是无色透明的，香气辛辣浓郁。虽然通常都是蒸馏自高粱，但也可以用米、小麦、玉米等各种淀粉谷物蒸馏制得。白酒的平均酒精度数是52%，但市面上还可以买到 70% 这样令人惊愕的度数的白酒。

除了烈性十足，白酒还随处可见。如今，白酒是全世界最畅销的烈酒，每年的白酒销量接近 110 亿升，比伏特加和威士忌的总和还要多。贵州茅台这家白酒厂是目前全世界市值最高的烈酒公司，其市值远超拥有尊尼获加（Johnnie Walker）、添加利（Tanqueray）、摩根船长（Captain Morgan）等知名品牌的帝亚吉欧集团。根据英国咨询公司品牌金融（Brand Finance）在 2018 年的一项调查，全世界市值最高的 5 家烈酒公司中有 4 家是白酒企业。

白酒几乎都是在中国境内被消费的：白酒在中国全部酒类销量中占据了将近 99% 的份额。中国几乎每家餐馆和宴会厅里都会提供白酒，没有白酒的传统节假日更是不完整的。然而，全世界的大多数爱酒之人从没听说过白酒，而少数听说过的人，即使没有鄙视，也大多以一种充满怀疑的眼光看待它。在一个新闻只用几秒便可以传遍世界的时代，在一个欲望不能即刻被满足便会让人痛苦难忍的时代，这实在太不寻常了。

住在哪里，如何生活，想些什么，以及更为关键的——因为某种目的而消费什么，我们从来没有如此多的选择。不经过千万级像素的照片来提供令人垂涎的记录，就不能称之为一餐美食。发布在社交媒体上的鸡尾酒一款比一款精致花哨，获得满足感成为一种唯恐落于人后的游戏，人们永远追寻着最新的潮流和下一个热门。这种环境几乎不可能诞生让人毫无准备的意外之物，但白酒偏偏让我们措手不及。我们深信可以应付各种美食体验，深信全世界的烹饪都可以被轻易迅速地理解和融合。我们越来越不习惯面对完全未知的事物。但当白酒像巨人般在味蕾上留下一记重击，我们已有的共同经验却令我们毫无防备。

喝下第一口高粱酒就是那个重要的时刻。你双唇抿起，双眼微眯，脑袋像弹弓般朝后仰去，这便是在所有人之前瞥见新宝藏的难得一刻。文化冲击立时化为百万伏的电压，再开放的胸襟也被吓得立刻把自己紧锁。至少，那个寒冷的上海感恩节之夜给了我如此的印象。说真的，我那时再也不想喝白酒了。

一队身着苗族服饰的青少年用歌声和微笑迎接我们。我们走下巴士时，他们一齐拍着手。我们来到了一个边缘饰有霓虹灯的庞大金色柱体边，这座极具科幻风格的建筑有一个复杂拗口的名字：贵阳西南国际商贸城会议中心。"金光闪闪，富丽堂皇。"巴士乘务员解释，微笑如同刺青般一直挂在她的脸上。

这座布满了发光二极管的巨型建筑是为了这次的比赛专门建造的。整个建设只花了 100 天，耗资约 4500 万美元，金光闪闪、富丽堂皇——绝非夸张。我的这一趟贵州之行发生在 2015 年，就在几年前，我来到这个偏远省份，第一次参观白酒厂，那次旅程也成为我心灵的启蒙。这次来则是因为布鲁塞尔国际烈酒大赛。在接下来的 3 天里，我将和其他评审团成员一同品鉴来自 45 个国家的大约 1400 款烈酒。对于白酒来说，这次大赛是一次亮相派对，中国白酒厂商有超过 500 款酒入围了此次大赛，他们想要展示，中国的烈酒完全可以在世界舞台上与其他烈酒竞争。我简直迫不及待。

年轻时的我绝对不会相信，上海感恩节派对之夜的十年后，我竟然成为中国白酒最主要的外国拥护者之一，我带着这个身份回到了中国。我所在的评审组包括五位成员：一个意大利人、一个西班牙人、一个法国人、一个中国人和我。大家找不到一种所有人都可以流利使用的语言，而且我同时担任北京红星酒厂技术经理艾金忠的翻译。每当用英语无法有效进行交流时，我们便讲西班牙语，然后我在心中将其转换为英语，再用当时尚未被我荒废的普通话口译给艾金忠。一开始，我们用一款清爽无味的伏特加唤醒了自己的味觉，然后匆匆写下各自的评分，交给我们的组长意大利人布鲁诺。

"完美，"他看着品鉴结果说，"大家的看法很一致。"

我们先是品鉴了白白兰地[1]，然后是朗姆酒，最后以贵州的知名白酒结束。第一阶段的品鉴快结束时，出现了一种令人不安的趋势，布鲁诺想要让我们知道出现的这个问题。

"你们的评分，"布鲁诺看着艾金忠和我，说，"几乎都很接近。"从他的语气和法国评审扬起的眉毛，我能看出这绝对不是恭维。他的意思是，我没有和组内的欧洲评审站在一边，我的评分完全背离了自己的西方文化背景。总的来看，他的话是在说："我们眼中的缺陷，对于你而言则成了优点。"这一差别恰好以一种反常且间接的方式肯定了我的工作，并提醒我还有多少工作在等着我完成。

艾金忠是个精瘦结实的老人，面容安静慈祥。他对布鲁诺与我交谈的内容一无所知，只是一脸微笑地等着我给他翻译。我给了他一个比较委婉的版本："你和我，咱们喜欢相同的酒。"

艾金忠笑得更开心了，他拍了拍我的肩膀。"Very good（很好）"，他回答，这是他会的为数不多的几句英语之一。

那天下午，在一个油漆味还未散尽的奢华酒店宴会厅内，举行

---

1 与白酒类似，"白白兰地"指的是透明无色的白兰地。——译者注

了一个关于白酒国际发展的论坛。除了比利时烈酒大赛的主席卜度安·哈弗（Baudouin Havaux），我是唯一的外国发言者。我对听众说，我认为白酒的未来在中国以外，现在是时候出手了。在发言结尾，我用了一个问句："谁会创立第一个国际级的白酒品牌呢？"说真的，我当时希望那个人是我。那几个月，我和几个志同道合的行业外人士组成的团队一直在与一家历史悠久、颇受敬重的中国白酒厂商谈判，运气好的话，几年内我们将推出一个新的品牌。

我的发言结束时，大多数中国听众听着耳机里的同声传译，礼貌地鼓着掌。我怀着既好笑又疑惑的复杂心情听完了其他发言者对白酒未来的设想。他们的发言大多是对产业数据和政府观点的乏味重复。

在一位发言者看来，白酒的未来并不复杂。他说，法国有波尔多，人人都知道那里能酿出最棒的葡萄酒，所以中国只需要告诉外国人，贵州就是"中国的波尔多"。另一位发言者建议，如果白酒在国外取得成功需要鸡尾酒文化的加持，贵州省政府可以在全世界建几百家白酒鸡尾酒酒吧。我赶紧用一只手捂住嘴，以防自己忍不住笑出声来。在中国，有这样一种常见的情况：政府决定修建一条上千千米的高速公路，然后就成了现实。然而，白酒凭借政府的政令就能够成为世界鸡尾酒界的宠儿吗？似乎不大可能。

轮到主席发言时，卜度安说关键是白酒教育。如果人们不知道白酒是什么，那就根本不会有人去喝。他指出，我是目前仅有的几个用英文写过白酒文章或书籍的人之一，不过他同时发出告诫："这还不够。"

到了品鉴的最后一天时，我们的评审组已经形成了一种和谐愉悦的工作氛围，我们倚重各自所长，互相翻译谈话，谈论风味。西班牙人哈维尔帮忙解释了朗姆酒的复杂细腻，布鲁诺和法国人奥利维耶负责翻译他们熟悉的白兰地，艾金忠和我则成了白酒的权威。"你们觉得第五杯酒怎么样？"有人这样问。艾金忠和我简短讨论几句，然后给出回答："很香。"

按照布鲁诺的说法，直到最后投票结束，我和艾的看法都很一致。获奖者公布时，大约 1/3 的参赛中国白酒获得了奖牌，其中有 8 款酒夺得了赫赫有名的双金奖。"中国白酒在国际大赛中获金奖"，第二天的官方媒体头条这样写道。这句话并不准确，因为酒类比赛都是按照类别进行的，这次比赛仅仅是烈酒评选。不过，这好歹是个开始。

大赛开始时，外国评审公开嘲笑白酒，现在则充满热情地讨论起了白酒。在机场的安全线内，一位来自加拿大的狂热啤酒爱好者对我说，他来的时候很害怕喝白酒，但一周之后，他承认自己错了，说："我尝过的一些白酒真的棒极了。"

几天之后，我和同事比尔在北京前门大街跟艾金忠见了面。前门大街距离天安门广场只相隔几个街区，几个世纪前，这里曾聚集了京城里的众多酒厂。我们在一条宽阔的大街的街边下车，艾金忠领着我们穿过迷宫般的灰暗窄巷。走过那些巷道时，我发现自己不可能不去怀念过去，怀念那段我只在书本上了解的往昔：这里曾散布戏楼，既能见到拿着鸟笼逛古董店的贵族，也能看见骆驼商队和赶着骡车的农民，所过之处，尘土飞扬……如今，在重建的仿古街区里再也难寻老北京的踪迹。

艾金忠带来了他们酒厂的各种产品。哪怕在中国只生活过很短一段时间的人，也一定知道堪称"白酒界可口可乐"的"红星"。他给了我一小杯红星和一杯牛栏山——红星的主要竞争对手。当我客气地称赞红星的优点时，艾金忠赞赏地点着头。然后，他又给我倒了一杯红星出口等级的白酒。这款酒具有中国北方白酒的轻柔花香，还有一种愉悦甜香，让我想到杏干。

听了我的评论，艾金忠脸上露出开心的笑容，朝我竖起了大拇指。"完全正确，"他转头对比尔说，"他的味觉喜好和我们的一样。"

这是我最骄傲的时刻，但卜度安的话一直萦绕在我心头。这还不够，还有很多工作需要完成。

白酒正在走向世界，世界是否准备好迎接白酒，白酒是否准备好面对世界？都有待见分晓。不过，白酒来了，比你预计的更快。

这是一部关于中国酒的书，更准确地说，是有关酒与中国的关系的书，更好的说法，这是一部仅仅关于中国的书。因为酒已然成为中国的一部分，没有酒，中国也不会存在，一切都源于大约一万年前一群居住在黄河流域的游牧东亚人对醉意的追求。酒早已渗透进中国文化的方方面面，对中国的宗教、艺术、文学、政治、哲学乃至战争都留下了难以忽视的影响。儒家学者专门为饮酒设立官方机构，道家修行者也对酒充满向往。中国走过了漫长的历史岁月，疆域曾从蒙古远拓至阿拉伯半岛，对酒的渴望一直不变地贯穿在中国人的生活之中。

那么，为何中国如此青睐白酒，而世界几乎对其一无所知？这种分裂因何而起？它能够被弥合吗？这本书尽力寻找这些问题的答案。不过，究其本质，这本书讲述的是一段爱情故事：一个民族与它的酒，一个人与一个民族，归根结底，是一个人与另一个民族特有的烈酒之间的爱情，而这种酒与全世界之间存在着一种撩人的多角恋的可能。

为了让读者理解我从一个白酒怀疑论者皈依为白酒传道士这种难以置信的转变，我先得讲讲来到中国这些年的经历；我还得探究白酒如何在当代中国人生活中占据重要的地位，这背后又让我们得到何种启示来看待中国的全球地位。这是一段跨越千年和横穿大陆的故事，追寻一种或许并不存在的民族认同方式。

只要我的能力和靠不住的记忆允许，我立志要带领读者踏上旅程，走遍中国的各个角落，寻古探今，展示中国人生活中曾经必不可少但常被忽视的一面。

中国观察者对外国人回忆自己在中国的生活经历的回忆录，大多不抱期望，甚至有充分的理由来质疑，但我仍希望这些铁石心肠的人能在我的字里行间发现乐趣。我的很多探讨是通过新的镜头聚焦早已被熟知的主题，试图透过"啤酒眼"[1]来看中国，更准确地说，是透过"白酒眼"来看中国，赋予无意义的饮酒礼仪以意义，为中国经常展现给外部世界的面孔涂抹一点儿腮红。

清醒的读者同样也可以在本书中找到他们感兴趣的内容，不仅仅是间接体会作者的生活经历。酒，赋予了中国人生活的意义和形式。这本书并不是对酒醉的单纯颂扬，而是记录我用心的考察，酒在方方面面塑造了中国的社会和礼仪，但有时则造成了灾

1　美国俚语，指啤酒喝多的人会觉得原本相貌平平的人也变得漂亮起来，就说他有了"啤酒眼"。——译者注

难性的后果。

需要提前强调的是，我并非以专家身份接触这一领域，至少一开始的时候并不是。因为奇怪的历史机缘，我成了一个很像专家的人，要知道，关于这个重要主题的英文文章或书籍的数量曾近乎为零。在我之后，还会有其他作者书写这个主题，我十分欢迎他们做出贡献。然而，在这样的写作者涌现之前，我认为自己理所应当分享自己发现的有趣内容。

无论你是谁，不管是怎样糟糕的人生使得你不能喝酒却只能看一本有关酒的书，我都称赞你的决定，并努力让你付出的时间不会白费。

在我看来，坐下来喝一杯是结识他人最简单的方法。还有什么比喝酒时随意聊一聊更能消除隔阂呢？卸下防备，每喝一杯便显露出个人脾性的一部分，随着拘束渐渐远去，相处将愈加热络。还有哪种方法比这样认识一个国家更好呢？

第一部分

上青天

Part 1

人无酒，则无友。

——中国传统俗语

Drunk *in* China

第一章 荒野西部

四川酸饮

-

调酒师：香农·马斯提弗（Shannon Mustipher）
美国纽约，Glady's 餐厅

-

浓香型白酒约 45 毫升，牙买加特烈朗姆酒和吉发得（Giffard）百香果利口酒各约 15 毫升，青柠汁和凤梨汁各约 30 毫升，充分混合，加冰摇匀后倒入双层圆形大酒杯。

"蜀道之难，难于上青天。"名垂千古的诗人李白这样写道。四川仿佛是一个独立世界，因地形、距离和文化等原因而同中国其他地区分隔开来。在入海口以西一千多英里[1]的地方，长江从青藏高原奔泻进四川南部。长江的众多支流交错成网，进一步将四川与遥远的东部沿海地区隔离开来。

古时候，皇帝把不听话的官员发配到四川，以此作为惩罚。起初，我并不认为自己在那里度过的日子将让我不堪重负，但最后的结果并非如此。

1　1 英里约 1.61 千米。——编者注

故事还得从 2011 年讲起。那年，我刚刚搬回美国，并同相处已久的女友凯瑟琳结了婚。她刚刚在美国外交部门得到了一个外交官的职位。一个宜人的夏日午后，在弗吉尼亚州阿灵顿，我们按照美国国务院的安排参加了国旗日活动。活动一半是入职典礼，一半是折腾人的仪式。

一个看上去去 40 多岁、蓄着山羊胡的矮个子秃顶男人走向讲台，会堂里立刻鸦雀无声。他先是介绍了几位贵宾（没有一个人能听清楚贵宾们说了什么）。所有人都经过严格训练，眼睛不能看讲台，只盯着后面的一排小国旗。每面国旗代表着新上任的外交官可能即将被派驻的国家。我和凯瑟琳的父亲和兄弟一起坐在会堂后排，我手里是一份派驻地的名单，握得指节都发白了。

几周之前，凯瑟琳受训结束，把这份名单带回了家。我们花了几小时研究派驻到不同地点的好处，就好像我们的想法真的会影响最终结果似的。美国外交人员的工作美其名曰"全球派驻"，这句话的真实意思是："我们想把你派到哪里，就把你派到哪里。"外交人员就是随时准备发射的人肉炮弹。

我们想，要是曼谷就好了，特拉维夫或东欧的什么地方也不错。因为各种未知原因，凯瑟琳班上的几乎每个人都在申请派驻非洲国家布基纳法索的首都瓦加杜古，可能是这个地点可以拿来炫耀吧。我对派驻地点有几条基本的考虑原则：有娃娃兵、严重种族暴力或容易遭受手榴弹袭击的地方不予考虑，接下来，要考虑电力、自来水和疟疾的问题。但不管去哪儿，我都不想去中国。

更准确地说，我不想回到中国。我初到中国时，这个国家似乎是我一系列人生疑问的答案。在那之前，我刚刚从大学毕业，在波士顿穷困的郊区沃尔瑟姆一边做着一份毫无前途的工作，一边等着凯瑟琳毕业。

21世纪的头十年，美国跌入了让人心惊的低谷之中，人们还没意识到，已经很糟糕的经济会变得更差，伊拉克战争和美欧贸易摩擦是当年热门的政治议题。现在看来，这些都是发生在很久之前的丢人事了。

与此同时，在地球另一边，一个出人意料的地方却被看作是希望的灯塔。每天的报纸头版都在欢呼着中国的"经济奇迹"，似乎中国将不可阻挡地成为全球霸主。这些报纸说，21世纪将是"中国世纪"。

我有两个同事早就打破了他们身上的资本主义枷锁，买了张单程机票前往那个神秘的国度。他们只带了一只行李箱，怀着对英文教师工作机会的朦胧期待便上路了。"你真应该过来，"他们到达后对我说，"一到这儿，工作就自己找上门了。"听上去像是做梦。虽然我清楚地知道自己有限人生经验的全部结果只是一个被水烟熏得发黄的、毫无实际用途的哲学学位，但感觉带着它去中国也比留在美国强。于是，等凯瑟琳一毕业，我们就收拾行装搬去了上海。

我们原计划要当一年英文教师，学习中文，然后回到美国，摇身一变，成为具备"国际经验"的优秀人才。一年后，我们变得疲惫而憔悴，面对可爱且精力旺盛的中国学童，我们的工作实在算不上是教育。每天，我们吃着全世界最美味的炒面，却喝着全世界最难喝的啤酒，真是从内至外的彻底堕落。我们很少说中文，前途并没比我刚来时好多少，但我们爱上了当时被我们称为家的上海，一座杂乱无序的国际化大都市。

来中国之前，我们完全不知道该抱有怎样的期许。我童年时期有关中国的回忆，仅限于儿童电视节目《大鸟去中国》，同我的犹太家族去中国饭店聚餐，以及小学美术老师对中国水彩画的喜爱。我曾在她的课上用钢笔在纸巾上画了几只抓着香蕉的猴子，在画上留下的签名就是后来我的中文名——"德力"，意思是"正义力量"。

上海的生活忙碌、拥挤又疯狂，但总有一种难以描述的勃勃生机。如同当时美国人普遍认为的那样，我曾以为中国极其沉闷。然而，我们到来后，却发现了一种异域风情和积极进取的中式未来主义的迷人混搭：你可以在覆盖着落叶的前法租界街道上徜徉，也可以在闪着霓虹灯的 300 米高的屋顶上参加派对。

抵达当天，从偏远的浦东机场开车进入中心区时，我看到的摩天高楼比我此前人生里见到的加起来还要多。接下来几年，我见证着这座城市修建了十几条地铁线路，举办了一场世界博览会，整个街区很快被推平，然后差不多以相同的速度建起新的建筑。每一天，我都能瞥见陌生的风景，体验到新奇的气味，听见交织着新语言和新口音的嘈杂声。每一天的生活都在刺激着我的大脑皮层。

如此多的信息让我们一下子难以招架，一年的逗留时间延长为五年。工作机会就像中国人的语速那样连续不断地涌了过来，凯瑟琳的语言天赋让她在一家互联网创业公司里找到一个听上去不太可能的工作——担任意大利语播客节目的主播，我则进入了旅游业，然后是公共关系行业，最后是出版业。我刚开始工作时穿的是有衣领和纽扣的衬衫，后来需要西服加领带。在这个收入悬殊的国家，我们过上了了无生气的外籍人士生活，整天出入时髦餐馆、鸡尾酒吧和按摩店。我们发现，在中国的生活已变得毫无惊喜，甚至有些无聊，初来时的新奇感已经消退殆尽。

中国有一种情况比较折磨人。随着时间的推移，类似污染、施工、交通堵塞等在发展中国家生活的琐碎烦恼，会逐渐累积到令人难以忍受的地步。每日面临的挑战原本让我颇为玩味，现在则让我疲惫厌倦。我开始想家，美国生活的种种缺点在回忆中慢慢消散，我开始怀念与我的生活渐行渐远的朋友们，哪怕这意味着要放弃我们早已熟悉的舒适生活。应该做出改变了。离开中国让人心酸又甜蜜，但如果我们五年后还没有离开，也许永远都无法迫使自己离开。

当凯瑟琳被美国外交部门录用时，那种感觉就好像祈祷应验了。外交官的生活可以满足我们到处旅行的癖好，但我们总会回到美国，回到我们的家，这样两边可以兼顾，我本来的想法差不多就是这样。

回到美国三个月后，我开始明白身为外交官配偶的沉重压力了。他们可能把我们送去世界任何地方。任何地方。

当讲台后方屏幕上的第一面旗子亮起时，我腋下的衬衫早就被汗浸透了。当有人接过派驻地的国旗时，衣冠楚楚的年轻外交官们起身礼貌地鼓着掌。总有人要幸运一点儿。你可以从他们的眼神和笑容里分辨出来，有的笑容是发自内心的，有的则是努力挤出来的。每当一个心仪的地点被我从名单上画掉时，观众中那种欢快的同事情谊就少了几分。派驻的地点越是好，我们越是希望那个幸运儿会遭遇某种难以言明的可怕伤害。

"哥斯达黎加圣何塞。"我们开心地拍着手，希望他被热带疾病折腾得再久些。

"意大利罗马。"吃意大利脆饼经常让人噎到。

"挪威奥斯陆。"我希望她能好好体会一下那里的寒冷。

我们的同情只会送给那些被派驻到地球偏僻角落的不幸人士，因为他们替我们承担了厄运。主持人每次宣布一个处于战乱的地点时，整间会堂便会呼出一阵无声的宽慰叹息，当然，不包括那位外交官的家人。一个小个子女人被派驻去了墨西哥边境一个局势格外危急的地方，她一边抹着眼泪一边走回座位。"真可怜，"我们自言自语道，"但轮到她总比轮到我们强。"

终于轮到我们了，屏幕上亮起一面让人熟悉的火红色旗帜。"中国成都。"主持人宣布。然后，他叫到了凯瑟琳的名字。一个月后，我们出发前往四川。

被称作"天府之国"的四川省与加利福尼亚州的面积差不多，居住着超过 8000 万的人口。如果将四川看作一个国家，其人口数量排名全球第 14 位。这里也是熊猫的故乡，拥有众多名山。本书将有很多以偏概全的例子，而第一个例子便是四川人。他们性格外向，格外热情，好脾气的名声绝非虚言。他们喜欢热闹的谈话，爱吃辣味的食物。川菜因其奔放的味道享誉世界，尤其是香气浓烈、让人嘴巴发麻的四川花椒，在烹饪食谱上介于孜然和可卡因之间。四川人喜欢在冒泡的火锅边喝着酒，谈论哲学或古典文学。

成都是四川的省会，位于四川盆地，境内水网交错。成都四面环山，一年之中的大部分时间都是阴天，这构成了天然屏障，没完没了的施工粉尘因此难以消散，这些粉尘又与汽车尾气、工业污染气体一起形成了一种白色烟雾，严重时甚至让人无法看清街对面。

我去过成都，那是到中国后我第一次游览的除了上海的其他地方。来自美国中西部的埃里克和我一样是英文教师，他已经开始约会了，约会对象就是招募我们来为一家未取得合法资质的教育机构工作的中国女性，英文名叫约翰娜。约翰娜邀请我们几个人去四川乐山的五通桥，与她的家人一同庆祝中秋节。乐山是四川中南部的一座小城市，全世界最大的佛像（坐式）乐山大佛就在这里，佛像凿刻于三江交汇之处的崖壁上。

我们的航班即将在成都降落，云层似乎无边无际，我能感觉到高度在降低，但浓密的雾气仍然包裹着我们。我不由得疑惑飞行员怎样看清航路以免撞上山头，然后认真思考了一下这种可能性。几秒钟之内，陆地出现在眼前，我们降落了。

这次游玩的大部分时间都在攀爬佛教圣地峨眉山。寺院位于险峻陡峭的山顶，到达那里需要爬上数不清的狭窄阶梯，途中还要用竹竿赶走挡路的猴子。这可真是跑到中国来受罪，不过，我们在游玩时目睹了一出四角恋。约翰娜的老同学杰里米想把约翰娜从埃里克身边抢走，而杰里米的女朋友则忍受着反感和屈辱不让杰里米靠近约翰娜。（我很高兴地告诉大家，埃里克和约翰娜成功经受住了考验，他们后来结了婚，生了两个可爱的孩子。至于杰里米的运气如何，我就不得而知了。）

成都之旅让峨眉山的爱情大戏安然落幕。成都这座城市如同一个静止在旧日纯真年代的恬静村庄，我还记得自己沿着街道在树下徜徉，绿色的树冠在头上随风摇曳，自行车漫无目的地从我身边驶过。公园里、广场上，人们围坐在桌旁，喝着茶嗑着瓜子，旁边传来噼里啪啦的麻将声。同伴们点了水饺，我记得自己半是困惑半是佩服地看着他们一勺又一勺地往调味醋里加红油辣椒。对他们来说，没有什么食物是"太辣"的。

后来几年，我经常想起成都。每当上海的生活压力超出了我的忍耐限度时，我就不由得开始琢磨：干吗不搬去这个国家另一边的那片舒适乐土呢？

几年之后，当我们的飞机再次即将降落在这座城市，密实的天空再次让我吃了一惊，舷窗外什么都看不见，一片灰蒙蒙的。高度越来越低，除了雾气什么都看不到。在接下来的两年中，这里将是我们的家园。这座城市正在下方等着我们，但它并不是我记忆里的成都，这里竖起了造型优美的高层公寓，还多出了不少豪华汽车经销商——透过迷雾，城市逐渐显现。成都已经不一样了，但变成了什么样，我还不得而知。

半座城市被推倒，腾出地方用于建设高速公路与地铁。管道和线路在马路和人行道的裂洞里裸露着，一群穿着蓝色连体工作服的工人正忙着施工。无论白天还是黑夜，很难在一小时之内从城市这头开车到达另一头——无论出于何种目的和意图，成都一直在进行整修翻新。甚至连这里享有盛名的街头小吃也差不多都消失了，它们成了中国现代化的牺牲品。

这是一座拥有超过 1500 万人口的城市，但更像一个旅途中的驿站。我遇见的外国人要么刚刚到达，要么即将离开。人们来成都有各种各样的原因，但在剧变中往往很难扎下根来。你搬到成都不是为了谋生，而是为了这里的生活方式。

上海人一直很冷淡，忙得没时间交谈，成都的陌生人却乐意倒一杯茶，就任何一个话题和你畅聊。在上海，我们在办公桌后辛勤地工作到深夜，而在四川，好像根本没有人在工作，到了夜里九点，连饭店里的灯光都开始暗下来。上海一直很时尚，随处可见穿着定制服装的人，而在成都，很可能有人直接把红色丝绸拿来当领带用。但即使被淹没在成堆的瓦砾和钢筋之下，成都的魅力依然难以遮掩。上海是一个钢铁丛林，今天的摩天大楼在高度上超过了昔日的欧式建筑，但成都依然保留着古老富庶的中国的余晖。

从我们居住的公寓可以俯瞰锦江一处静谧的河湾，九眼桥就在不远处。九眼桥之所以得名，是因为天气晴朗时，桥洞与水面上的桥洞倒影恰好构成九个完美的椭圆。从我们位于 20 楼的卧室望出去，可以看到望江公园繁茂的竹林中屹立着一座建于清朝的壮丽楼阁。

在成都，人们从不使用"小姐"或"先生"这种称呼，而是称呼"美女"和"帅哥"（例如："过得怎么样，帅哥"）。分别时，成都人不说传统的"再见"，而是说"慢走"。

这座城市的转变让人沮丧和惊疑，但也带来一种令人耳目一新的现实。你可以称其为破坏或再创造，但不管你叫它什么，都不同于我曾经了解的中国。我对自己第二故乡的所有先入之见都被颠覆了，这个过程正是从白酒开始的。

我结识约翰是在自己到四川的第一个星期。凯瑟琳的新同事中有一位精力充沛、喜爱社交的年轻外交官，名叫托尼，他邀请我们参加在一间爱尔兰酒吧举办的万圣节派对。那间酒吧实在平淡无奇，是那种你在任何偏远的东亚城市都能找到的烟雾缭绕的三流酒吧，啤酒难喝极了，乐队更差劲。我总干这种栽在同一个坑里的事。

托尼穿着背心，戴着安全帽，一副中国建筑工人的装扮。他俯下身，好让我在嘈杂的音乐声中听见他的声音。"我想让你见个人，"他说着，指了指一个身材瘦长的高个子男人，那人戴着角质框架眼镜，一头乱发，穿着多褶边衬衫和格子呢长裤，"这位是约翰，"在一首《加州旅馆》还是什么破歌的糟糕翻唱声中，托尼大喊道，"他开了一家白酒厂。"

"白酒？"我不确定自己是不是听清楚了，于是问，"你有名片吗？"

他拿出一张装饰着金色火星占星符号的名片，上面写的是电影《王牌大贱谍》的主角名：奥斯汀·丹吉尔·鲍尔斯（Austin Danger Powers）。在这个万圣节夜晚，他的角色装扮一丝不苟，看来这个十多年前的流行文化符号在瑞典依然很受欢迎。

"你不会是真的喜欢喝那玩意儿吧？"

"当然喜欢，"他笑着回答，"太美妙了。你喜欢吗？"

我对他说，我还没遇到自己喜欢的白酒。太烈太辛辣刺激了，不合我的口味。

"我们也生产一种略微清淡的白酒，给女士喝的，"他说，"也许你会喜欢？"

刚到成都就遇到一位白酒生产商，这件事并没有看上去那么不同凡响。四川是中国主要的粮食产区之一，而只要你看到中国农民，就可以有把握地认为附近有酒厂。四川是中国白酒产量最高的省份，超过 2/3 的白酒来自四川。因此，只要你在成都，与白酒行业有关的人很可能就在你身边不远处。

不寻常的是，这次是一个来自北欧的白酒大亨——就我所知，这样的人只有这位约翰·西蒙松一个，我很渴望知道这背后的故事。两周后，我知道了其中的原委。我们选在市中心一家豪华酒店的大堂见面，那里有拱形顶棚、精美的白瓷器具、戴着领结的侍应生，等等。脱下扮装的约翰是那种永不显老的高瘦北欧人，他的样子立刻让我这个来自美国南方堪萨斯州的犹太小个子感觉，要是和这个大个子打躲避球，我输定了。

约翰的中国历险开始于2004年，当时瑞典的烈酒生产商葡萄酒与烈酒集团（Vin & Spirit）安排他为集团发掘商业机会，该集团以招牌产品"绝对伏特加"（Absolute Vodka）闻名。和他的维京祖先一样，他为了寻得战利品，前往世界各地。他走访了20个国家，发现了众多未在他国获得足够关注的外国烈酒品牌。

约翰"发现"了白酒，这种烈酒有着全世界最大规模的销售量，但在中国之外的地方几乎鲜为人知。顶级白酒价格高昂，有时可以卖到每瓶上百甚至上千美元，这足以证明它具有令人难以抗拒的诱惑。约翰的团队研究了超过60家白酒商。2007年，葡萄酒与烈酒集团同四川最重要的白酒厂商之一剑南春达成了协议，共同创立合资品牌"天成祥"。

约翰原本计划只在这里逗留很短一段时间，好让新公司快速起步，但就在2008年5月12日，距离天成祥开始生产还有4天，一场8.0级的强烈地震让整个四川都猛烈摇晃起来。地震之烈甚至让身在1000多英里之外上海的我也感觉到了，将近7万人在此次地震以及随后的余震中丧生，失踪、受伤或无家可归的人更是难以计数。剑南春酒厂所在的绵竹，则是受损第二严重的城市。

"太可怕了，"约翰回忆道，"酒厂里没人遇难，但在整个绵竹及其周边，死亡人数超过了1.2万人。几周后，我第一次到了那儿，发现人们都不想去那边，因为到处都是尸体散发出的味道。"

此外，那里还有白酒的味道，因为地震摧毁了一处陈酿设施，其中容纳了将近1万立方米的酒液，相当于4个奥运会标准的游泳池。弥漫的气味令人窒息，而且危险至极——想象一下，大范围的破坏之后，一场酒精度为70%的洪水倾泻进了城市的街道，所以，在把整座城市彻底冲洗干净前，此地严格禁止吸烟。

按照剑南春高层的估算，公司的经济损失超过了10亿元，相当于当时的1.25亿美元。约翰同意留在成都监督天成祥的复建工作。复建进展迅速，只用了几个月时间，剑南春的灌装工厂就从图纸变成了现实，一年半后，天成祥发布了首个产品线。

约翰的办公室位于成都一座高楼的隔间里，我们在那里品尝了酒样。我那时还没有习惯喝白酒，上一次喝白酒的经历并没有让我抱有多高期待，但刚喝了第一口，我就清楚这款酒的美味程度远超我的预期。他又让我试了另外一款，一种模仿韩国烧酒的低度酒，他要将这款产品推销给女性消费者。这款酒不失白酒的力道，但又没有那么辛辣。

约翰把头探进一台小冰箱，拿出了几瓶贴着手写标签的塑料瓶。"实验品。"他解释道。瓶子里装的是混合了各种莓果和热带水果添加剂的白酒。"绝对伏特加"有专门的加香系列，而这些便是约翰想出的对标白酒产品。香料的添加比例还在摸索中，但他希望能很快做出最终的产品。这些样品可谓让我大开眼界，其中很多实验品预示了多年之后我们将见到的白酒产品。

天成祥最终并没能真正起步。地震后不久，法国酒类巨头保乐力加（Pernod Ricard）收购了葡萄酒与烈酒集团，而新的母公司对中国白酒和约翰的项目兴趣寥寥。我们那天品尝的众多极具前卫性的白酒中，只有一款留存下来，并悄无声息地在 2013 年前后被剑南春购回。保乐力加安排约翰进入上海的外国烈酒部门工作。不久之后，他便回了瑞典。

如果说约翰犯了个错误，那么这个错误就是他出手太早，而不是他出手尝试。白酒太新奇了，仍难以唤起外国人的注意。然而，约翰还是弄清楚了一件事：他发现了一样中国特有的东西，而世界其他地方的人迄今为止仍未留意到它的存在。

与约翰的谈话结束时，我感受到一种使命感。我必须多了解白酒，必须了解一切。虽然白酒还没有让我陶醉其中，但至少我想要理解它。不为别的，白酒也将是让我了解成都这个新家园的窗口，让我能够融入中国二线城市的生活——当然，对于中国，你得承认成都是"二线"城市，尽管它的人口相当于挪威、爱尔兰与哥斯达黎加的总和。

像北京和上海这种中国东部的超大城市早已聚集了众多富人，这样的城市拥有国际化的光环，越来越多的外国人去到那里生活和游览，也有很多当地人出国工作、学习或旅游。这样一来，外国人和本地人之间生活方式的差别变得不再明显。出门吃吃喝喝时，经常有中西混搭的情形。虽然在内陆地区也有这样的情形，但机会则少得多，场所的选择也不那么尽如人意。

我在上海时有不受限制的餐饮选择，其中很多饭店和酒馆即使放到巴黎或伦敦也毫不违和。而在成都，我只能找到大致接近我家乡水准的餐馆，至于酒吧，则与大学时的夜生活场所不相上下。这不是因为四川人不喝酒——恰恰相反，他们的酒量惊人，而是因为四川人基本不喝外国酒，喝酒的方式也与外国人大不相同。当然，在成都想要时髦地喝酒很容易，但前提是你愿意遵循当地人的标准。

如果我想做出一点儿名堂，我需要喜欢上他们喝的酒。我必须喜欢上白酒。

让人惊讶又沮丧的是，我很快发现，针对英文大众读者的中国白酒信息少得可怜。更糟糕的是，已有信息大多相互矛盾或有明显的错误之处。不少作者简单地将白酒看作"中国的稻米发酵酒"，但白酒并不是发酵酒，而且很少用到米。考虑到酒在中国人生活中的重要作用，这些信息的谬误更值得注意。

有关白酒的信息亟须修改和纠正，但要从哪里开始呢？——还有哪里比四川更合适呢？四川有几千家白酒厂，从古时候起便是酿酒工艺的创新者。四川是白酒皇冠上的明珠，坐拥所谓"白酒金三角"区域的中心地带。白酒产业在那里的规模如此之巨，不光吸引了约翰，还引起了竞争对手的关注。差不多在约翰所在的葡萄酒与烈酒集团创立天成祥的同时，酒业巨头帝亚吉欧［有尊尼获加和健力士（Guinness）等知名品牌］与路威酩轩集团（拥有轩尼诗等品牌）纷纷投入资金，获取了几家四川白酒企业的控股权。

全世界的焦点正在慢慢对准中国的烈酒，白酒正处于国际性突破的最前沿。冥冥之中的巧合将我带到白酒的中心，来见证一切。

现在只剩下一个问题：我不爱喝白酒。

第二章　300 杯

千杯之旅，始于浅饮一口。

"你觉得怎么样？"托尼问道，摇晃着白兰地杯里的透明液体。他是领事馆指派的社交发起人，实际上是新来的临时保姆，他很快成为我的秘密武器。这人是那种最稀有的生物：天生就喝得惯中国烈酒的外国人。

"很平滑。"我回答，轻轻抽了一口气。这种味道像是浸泡在松脂里面的香蕉，让我犹豫不决。更别说那气味了，好比将水果硬糖溶化后扔进涂料稀释剂里。老天，这气味可真要命。这还是好酒呢。

只剩下 269 杯了。那天夜里，我们开始了一项实验，而我就是小白鼠。我已经决定了，不仅要学会享受白酒，还要对这个过程进行量化。想到这个主意，是受我的新西兰朋友蒂姆的影响，他是位工程师，我们在上海相识，他运用精确的数学计算来解决我的饮酒难题。他认为存在一种所谓的味觉阈值，即喜爱和厌恶之间的那条理论分界线。"每种食物或饮品都有一个味觉阈值。"他对我说。

想想你的第一口咖啡，它多半让你反感。也许是因为太苦了或太酸了，有些人一直没有跨过这道坎，但不知出于何种原因，可能是咖啡因带来的亢奋，或者更可能是想要让自己显得更成熟老练，大多数人又喝了第二杯和第三杯咖啡，然后就有了第四杯或第五杯。不久后，你发现自己真的开始享受这种你一开始感觉难以入口的饮料。你跨过了那条界线——味觉阈值，于是你的反应也从负面变成了正面。

蒂姆接着说，就咖啡而言，味觉阈值相当低，通常不超过6杯，而啤酒的阈值稍微高一些，大概10杯。"人们也研究了白酒的味觉阈值，"他说，"猜猜要多少杯？"

"我不知道，30杯？"我猜测。

"300杯。"

我的天。这个数字看上去简直难以企及，但我又仔细想了想：来中国五年，我也参加了不少婚礼和商务宴请，这些场合消耗了巨量的白酒。无疑，我至少已经喝下了50杯。即使保守估计，我也至少喝了30杯，因为中国的白酒杯很小，一顿饭可以喝下去15~20杯，甚至更多。所以还要喝270杯？还是可以办到的。

一天夜里，我把这个显然靠不住的理论告诉了托尼，他听后立刻打断了我。"等等，"他说，"你一定要试试我这个。"

他走出房间，拿回了一瓶五粮液和两只小小的白兰地杯。五粮液，顾名思义就是用五种谷物做的酒。五粮液公司是中国产量最大的白酒厂（以品牌价值计算则排名第二），其旗舰级白酒在普通中国饮酒者心目中的地位类似于尊尼获加蓝牌威士忌——一款容易买到同时可以彰显品位和财富的酒。五粮液的历史可以追溯到几百年前，其名字源于中国古代饮食中与"五谷"有关的典故。这种白酒是由高粱、小麦、玉米以及两种米蒸馏酿造的。

"一个朋友送我的礼物，"他说，"我相信售价大概是 200 美元。"

这酒喝起来极为复杂，温暖，有些刺口，让我完全难以招架——一个词形容：很中国。如果这款白酒是高级货，那我的实验则需要投入相当多的努力了。我花了半个钟头才把一小杯五粮液喝完。我刚把酒喝光，托尼便拿起了酒瓶："再来一杯？"

至少，他还让我做选择，这真是太美国了。

在当下的人生阶段，我很想以英国科技史学家李约瑟的临时助手、生物化学家黄兴宗的思想高度和学术精确性，对你讲述我对中国白酒的第一次探索。1941 年，从出生地马来半岛来港求学的黄兴宗从香港大学毕业，同年日本占领了香港，他在次年逃往中国内地。在等待派驻成都的工作任命下达期间，他对中国饮食中的发酵进行了一次非正式的研究。"最让我好奇的，就是谷物变成酒与大豆变成酱油的发酵过程。这些过程非常复杂，需要人们有极高的认知和技术工艺水平。"他在李约瑟编著的《中国科学技术史》中写道，"这些发酵的科学基础是什么？中国人是怎么想到的？起因是什么？是多久以前发现的？"

1943 年，黄兴宗来到了成都培黎学校教授化学，那里距离我后来在成都的住处只有几步路。不久后，他便担任起李约瑟在中国考察期间的助手，二人一起乘坐汽车和火车，足迹几乎遍及中国大地，如同一对跨种族的福尔摩斯和华生，揭开了中国古代科学发展的神秘面纱。我这个类比的证据来自李约瑟的日记："车厢里的午餐很美味……我读乔治·博罗（George Borrow）[1]，兴宗读唐诗。"

他们在四川的考察路线与我第一次游四川的行程完全一致：先从成都到乐山，然后到五通桥，那里是我的朋友约翰娜的家乡，就是她把我招到中国工作的。李约瑟和黄兴宗在那里见到了植物生理学家石声汉（1907—1971）。石声汉曾成功分离出几乎用于所有中国酒类发酵的曲霉菌的菌丝，他与黄兴宗分享了自己对中国发酵技术的渊博知识，黄兴宗后来在书房里一直珍藏着石声汉的两卷书法。接下来，李约瑟和黄兴宗去了宜宾附近的李庄，也就是今天五粮液酒厂的所在地，然后继续前往当时的陪都重庆。

黄兴宗后来在牛津大学取得了博士学位，并担任了美国国家科学基金会的项目主任。1984 年，他开始参与编纂李约瑟的《中国科学技术史》，负责撰写"发酵与食品科学"部分，这可能是有关中国发酵技术最杰出的研究成果。

然而，很遗憾，我认识中国白酒的过程与另一位作家二战期间在中国的遭遇更加接近。这位作家出于对酒的热爱，钻研了很多不同的酒精饮品——没错，我说的就是厄尼斯特·海明威。

为了呼吁美国公众支持中国的抗战，1941 年《科利尔》杂志派海明威和他当时的妻子玛莎·盖尔霍恩（Martha Gellhorn）来到中国抗日前线进行采访报道。海明威夫妇和他们的翻译马先生见到了国民党将领余汉谋，他想和海明威拼酒，而海明威根本不知道自己将要面临什么样的挑战。

当时坐在另一张桌子边喝茶的盖尔霍恩对现场的情形回忆如

---

1 英国 19 世纪游记和小说作家。——译者注

下："将军的汗越出越多，而两名参谋官的脸已经变成了漂亮的桑葚色……我们的翻译只能勉强结结巴巴地说话，身体来回摇摆，甚至没办法翻译出厄尼斯特愉快地想出的一句关于'军人光荣'和'取得最终胜利'的敬酒词。"马先生醉得无法继续翻译了，这场酣饮最后停止是因为将军宣布酒喝光了。这一段经历在一阵大笑中结束，海明威等人的采访任务自然完全落了空。

另一场拼酒发生在靠近战场前线的地方，那次让海明威更加痛苦，但他坚持到了最后，其他的军队将领要么脸上一阵红一阵绿，要么早就没了意识。

因此，尽管我渴望成为黄兴宗，但常常发现自己落入了海明威的境地，这种思想与身体之间潜在的矛盾正好解释了在中国的饮酒经历。任何想要描述这种经历的尝试都毫无头绪，白酒的中心问题是，一勺液体转眼间就成了海啸。我第一次喝白酒是和其他外国人，风险因此降低了，而在接下来几年，我见识到了更让人大开眼界的中国本地饮酒习俗。

其中格外痛苦的一次，发生在我短暂任职公关部门主管的时期内。那是我第一份"真正的工作"。我所在的公司有一次前往黄山进行团队建设，顺带旅游。黄山位于安徽省，峻峭的山峰云雾缭绕，拥有难以匹敌的美景。我们乘坐大巴，花了7小时到达山脚下，然后又熬过了4小时的战略会议，才有机会看一眼山峰。我们老板只给了我们30分钟时间拍照，然后便把我们赶回大巴进行下一个折磨人的环节。

这次喝酒也毫无愉悦可言。"德力，我们要让你看看什么是中国式的喝酒。"我们的团建军官／经理对我说，我叫他大陆（音）。

他向杯肚有顶针大小的酒杯里斟满散发着香气的白酒，酒液都要溢出杯沿了。他把自己的酒杯高高举起，然后示意我和他一样，"现在，咱们要向曹总经理敬酒。碰杯，然后一起把酒喝掉。"

"干杯，曹总。"我说——"干杯"（把杯中酒喝干）就是中国人喝酒时经常重复的词——我的酒杯和他的碰了一下，然后我一口喝下了火一般燃烧的液体。

"不，不，不，不，"大陆尖声说道，他一把抓起酒瓶，把我的酒杯像刚刚那样再次加满，"你得说说你的感受。让他知道你多么感谢这美味的一餐，感谢能有机会为他工作。"

"谢谢你，曹总。说真的，这顿饭棒极了。"我又和他碰了杯，高粱液灌进了我的食道。我忍不住露出痛苦的表情。

大陆用他那不怀好意的眼神看了看我，摇摇头，啧啧几声。"那可不行。"他说着，又把我的酒杯倒满，总经理也赞同地点了点头。大陆解释说，真正的敬酒需要发自内心表达出深厚敬意，你得告诉曹总自己对这份工作有多么感激（我才不感激），你多么钦佩他（我才不钦佩），参加这次旅游让你多么开心（这些混蛋毁了我的三天假期）。

但是在那段时间，我需要自我克制，不得不做出不诚实的选择，于是我举起酒杯，尽己所能用最逢迎的语气说："曹先生，借此机会，我想说，这个工作对我的职业发展具有宝贵的影响。我觉得在过去的四个月中，我学会的东西比之前在所有职业经历中学会的都要多。你是我的老板，我也渐渐把你看作我的精神导师，看作父亲一般的人物。如果我明天就要死了，知道自己有幸为曹 × ×工作，我也死而无憾。每一天，你都激励我们活出不凡的人生，我敬你，祝你身体健康，希望你能继续和我们奋斗几十年。"

我们第三次碰了杯，我龇牙咧嘴地喝完了酒。在下一轮敬酒前，我获得了片刻喘息，挺过了下轮敬酒后，我又能休息一下。但灌我酒的人没完没了，等到我们吃完饭，我已经晕头转向。我被告知大家马上要去唱卡拉 OK，还要喝更多的酒。我犯了非常严重的错误，害自己走到这地狱般的境地。

不用多说，我并没有在公共关系行业工作多久，但这短暂的时间足以让我认清一个有关白酒的、经常被人重复的结论：喝白酒的情境、场合，与白酒本身一道，令中国以外的人难以消受。在你参加的任何一场普通的中国宴会上，有一套标准流程："啪"的一声打开一瓶 50 度以上的 500 毫升装白酒，然后扔掉瓶盖。通常来说，餐桌上的每个人，无论是五人还是十人，大家都会一次性喝光整瓶白酒。只有当别人敬酒的时候才可以喝，这种规定确保了每个人喝的酒是差不多等量的。第一瓶酒喝光后，宴会主人打开第二瓶酒的情况并不少见，然后把刚刚那套仪式再来一遍。

即使冒着在文化沙文主义之路上愈走愈远的风险，我还是要说：这套仪式真是愚蠢又疯狂。几杯白酒足够让大多数人晕头转向、脚底打转了，那 1/4 瓶甚至半瓶白酒会如何？答案是导致无法挽回的酩酊大醉，神志不清，走路不稳，还会伴有各种难以避免的并发症和后果。如果第一次喝威士忌就得喝掉一整瓶泥煤味的艾拉岛威士忌，我怀疑世界上才不会有那么多愿意喝威士忌的人呢！不过，这种对比很容易引起误解：一般而言，瓶装白酒的威力可比威士忌高得多，其酒精度数大多数情况下比后者高出 1/4。

过去的经验给了我这第一条启示。将白酒与那些令人生畏的宴会场合分离开，似乎是解开白酒谜团的理想方法。如果我能在没有各种敬酒规矩的情况下浅饮一口，仔细品味，也许就可以理解为什么中国人会对白酒如此着迷。

我觉得，如果有上亿人每天都喝白酒，这玩意儿能差到哪儿去呢？其中一定有什么东西被我忽视了，一定有。

在成都，支援我的白酒使命的人还有我的中文老师段丽，实际上她也是我的研究助手和朋友。段丽是一位活泼的四川女性，负责向半个领事馆的人教授中文，上自领事本人，下至我们这些被嫌弃的"随行配偶"。段丽对待中国文化的态度有着难得的坦率诚实，面对我在声调和发音上的错误也很有耐心。所有人之中，对我的白酒调查工作最为热心的人就是她，是她确保我不会过于偏离正轨。每天，我们都在我居住的街区一家名叫"冰果贝果"的咖啡厅见面。这家咖啡厅在早餐时段从不开门，连店名里的贝果面包（确切说来，应该是贝果面包的一种厚实仿制品）也经常售光，但那里的咖啡还过得去，这在成都已经算是够好的了。

我的美国同胞在讨论我的研究时很少会这么厚道。"研究进行得怎么样了？"他们经常这样笑着问我，做出一个拿着酒瓶给自己灌酒的动作。相比之下，段丽一直很支持我，甚至可以说充满热心，我猜她一定觉得一个美国白酒爱好者充满抱负的样子很有趣，至少可以调剂一下整天教主妇用中文讨价还价的枯燥工作。她每天都会给我带来各种各样的酒类供我研究，或是我脑子里想到哪家白酒厂时，她就整理好有关那家白酒厂的采访报道。

"我？不不，我不喝白酒。"被我问到时，她回答。了解之后，我才知道这句话在中国并不能像在美国那样按照字面意思理解。不喝酒的意思更近似于"我不常喝酒"或"我喝酒，但不喜欢喝"或"如果惯例或习俗要求，我能喝不少"。毕竟，段丽是个四川人。例如，段丽告诉我，她7岁的时候，她的父亲便让她第一次尝了白酒，段家在欢度中国新年时，全家一般会喝掉四五瓶白酒，而且人人都得喝，不能推托。

"可能是因为我们是个传统家庭。"段丽告诉我。她和她的兄弟必须先给长辈敬酒，然后长辈回敬他们。这通常意味着，作为一大家子中最小的成员，要想在每个节日自由自在地饮酒，必须先主动喝掉15~20杯酒。她可能并不喜欢这么做，但不这么做就是失礼。"没有白酒的节庆很奇怪，"她说，"完全没有节庆的感觉。"

段丽让我第一次发现了中国人饮酒的文化维度，这些之前从未引起我的注意。应不应该拿起酒杯，这背后蕴含着众多难以言明的规矩，以及各种错综复杂、不容拒绝的责任。我了解到，关于饮酒礼仪的一切——从酒款的选择到座位的安排，都具有重要意义。而我的学习才刚刚开始。

于是，托尼和约翰是我的实验助手，段丽则是我的首席顾问，接下来该做正事了——喝酒。我带着从本地的便利商店买的两瓶白酒参加了一个小型聚会。其中一瓶是带有果香的四川白酒，还算过得去；另外一瓶是尝起来有点儿酸的难喝的贵州白酒，被当成生物危险制品，被喝了3杯后就放到一边。我们喝光了那瓶尝起来还不错的酒，然后去同一条街上的酒吧里喝了些啤酒作为结束。令人费解的是，那家酒吧的老板是一位滴酒不沾的虔诚佛教徒。

那晚的尝试让我明白：所有的白酒并非生而平等。更重要的是，我发现白酒有着差异鲜明的不同类别，类别之间的相似度极低。白酒不是某种具体的饮品，而是指酒精饮品的某一类型。白酒，字面义为"白色的酒"，但按照中国传统工艺酿造的任何一款烈酒，都可以称为白酒。白酒有十几种独特的类别，不同类别的差异巨大，如同伏特加和龙舌兰之间的区别。

共喝了12杯白酒后，我带着成就感回到家。第二天早晨醒来时，无论是精神还是肉体，我都感觉棒极了。如果保持目前的节奏，300杯白酒简直易如反掌。

但当我打开盥洗室的门，现实立刻给了我一个难以辩驳的回击。为何我前一天夜里要把尿撒进浴盆里而不是马桶里呢？当时的想法可能永远不得而知，但我花了一上午一边拿着抹布打扫，一边仔细琢磨自己当时的选择。我被迫再次面对这样一个事实：这也许并非如我想的那般简单。

要是换成个聪明人，他早就放弃了，可我仍然执着地没事找罪受。我还没有变得热衷于白酒，但四川白酒中那种带着花椒味的甜香让我越来越享受，尤其是它与麻辣鲜香的川菜格外般配。吃火锅时来一瓶荣和酒，还剩254杯；云南薄荷牛肉和山羊奶酪搭配牛栏山二锅头，还剩249杯；辣烧猪手搭配全兴白酒，还剩240杯。

我尝试了我所能想到的一切方法来缓和白酒让我难以接受的那些味道。一天晚上，我举办了一场白酒鸡尾酒会，结果它变成一场可怕的灾难。那会儿，我是个糟糕的调酒师，而成都的调酒师供不应求。二锅头加雪碧味道如何？恶心。

有一次，我还吃了名为"神秘果"的提取物，这种物质可以扰乱你的味蕾，把酸味尝成甜味。很不幸，这东西对白酒中蕴藏的强烈味道完全束手无策。在通往白酒的路上，不存在任何捷径。

托尼离开了成都——当然每个人迟早都要离开，但我正在实现梦想的路上。不断有人加入，不仅填补了托尼离开的空缺，包括约翰在内的试饮队伍还在逐渐扩大。与此同时，我开始在博客上记录我的白酒试饮经历，我给这个网站起名为"荣耀 300 杯"（300 Shots at Greatness）。令我惊讶的是，我发现自己不是一个人：竟然有一小群衷心喜欢高粱酒的外国人。

尽管我拼尽全力想要驯服白酒这头猛兽，但目前还没有获得成功。就在喝了 60 杯的时候，我开始变得消沉。我一直在学着忍受白酒的味道，对白酒却没有产生任何接近喜爱的感情，没办法硬挤出一种对白酒真谛的领悟。我要再说一遍：不存在任何捷径。有一天，启示在意想不到的地方降临了。

第三章　路

春节时，突破到来，欢迎农历龙年来临的焰火正四处燃放。四川省外事办邀请驻成都的外国外交人员及其家属参加娱乐活动，庆祝这个吉祥的节日。凯瑟琳代表我家接受了邀请，只是对我解释得很含糊：我们会和她的同事们一起到乡间野餐。这听起来很让人愉快。

登上小巴并拿到一份打印好的行程表的那一刻，我的心一沉。我向来讨厌集体旅游，或是与许多陌生人共乘大巴车从一个地方跑去另一个地方的那种活动，这让你根本没有逃脱的可能。我拿到的行程表上罗列了 12 个小时的活动。不管怎么看，都是漫长艰难的苦差事。

这天，我们先是来到了一所私立国际学校。一位官员详述了政府吸引外国投资的计划。接下来是一顿奢华的午餐。凯瑟琳和我坐在前排中央的贵宾桌边，同桌的是来自法国、德国等国家的领事。这样安排很可能是因为凯瑟琳是这个房间里级别最高的美国人——其他美国外交官没有来参加活动。

这时，我看到了一样引起我兴趣的东西。每桌的中间有一瓶价格昂贵的四川白酒——"国窖 1573"。我在研究白酒时读到过它，还在公交车身上看到过它的广告。电视广告里的男中音念出的"1573"这串数字深深地烙印在了我的脑海中。这款酒的生产商是泸州老窖，中国历史最悠久的白酒厂之一，它的历史可以追溯到差不多一千年前，现在仍作为正宗四川白酒的生产者享有盛誉。（碰巧的是，我后来还和泸州老窖酒厂合作过——我绝对没有因此而美化这个故事。在同泸州老窖合作之前，我也曾在自己的旧博客上写过这段经历。）

放在我眼前的，是泸州老窖的旗舰级高档白酒。用于这款酒发酵的坊址从 1573 年一直使用到现在。如今，这样一瓶酒的零售价高达上百美元，而此刻这瓶酒就放在餐桌的中间，没人关注，也没人去拿。他们难道没有发现这瓶宴会用酒的价值吗？当面对好酒被浪费的危机时，我只能做出唯一明智的举动——把它喝掉。

那一刻堪称天启降临。酒液带着一股凤梨和杏子的果香撞击着我的舌面，咽下酒液后，混合着白胡椒和甘草香味的尾调弥散开来。口感平滑，滋味丰富，让人为之一振。这不仅是一款了不起的白酒，也是一款了不起的饮品。是的，我不接受反驳。

午饭后一小时，我们来到了蒲江，一个有大约 25 万人口的中国"小"县城。蒲江的大部分人都看到了我跳舞的样子。在位于县城中心被警戒线隔开的区域里，100 名穿着红色丝绸服饰、脸蛋粉红的可爱女孩把我们围在中间。我穿的衣服也是丝绸的，是活动组织者在午饭后给我的一件宝蓝色唐装。女孩们人手一只鼓，我也有一只，是一个女孩把我拉离座位时拴在我身上的。女孩们一边敲着鼓一边跳着舞，动作看上去很复杂。尽管她们尽力教着我，但我根本不指望能跟上。看热闹的人指着我哈哈大笑，我也跟他们一起笑了起来。

这种快乐是那样纯粹无瑕。就在这一刻，我意识到问题很严重，因为我无可救药且无可挽回地爱上了白酒。

那一天，我碰巧发现了那块缺失的拼图。之前我一直畏惧中国传统的节庆，畏惧其中的乏味冗长，还有难以拒绝的敬酒环节。我曾以为要想真正享受白酒，必须将白酒与干杯的场合分离开。然而，现在我明白了，恰恰是白酒将乏味冗长变成了另一回事，一种更加美好的东西。另外，我还发现了我真正爱喝的白酒。

我和孩子们一起敲着鼓，还到田里摘橘子，和村民跳了圆圈舞，看了焰火表演，一手牵着我的妻子，另一只手拿着不知怎么得到的长绒象玩偶。我爱这一天，爱这一整天里的每一分钟，而且，我必须感谢那位味道有些火辣的新朋友。

即使我关于以上经历的记忆出了问题，也有照片为证。第二天，在全中国的报纸和网站上都能见到我：穿着传统服装，敲着鼓，笑得合不拢嘴，诸如此类。有一阵子——可能现在也是——我开心的脸总是出现在四川省外事办宣传折页的显著位置。我并不介意，因为他们用白酒换得了我的默许。

只花了不到3个月，喝了仅仅70杯白酒，我就跨过了那条界线。一走过去，就再也回不来了。

自此以后，一切都变得顺利起来，我的恐惧变成了热切的期待。有些白酒很令我回味，尤其是辛辣甜香的四川白酒。哪怕是之前令我难以欣赏的白酒，现在虽然我仍不喜欢，但至少能接受了。一旦品尝过最精致的白酒，你就能理解那些逊色一些的酒想要达到的境界了。

从这个角度看，味觉阈值的概念是有用的。我曾有过类似的经历：青少年时期我去过一次德国，喝到非常好喝的啤酒，那之后我也渐渐开始欣赏滋味相对差一些的啤酒了。这并不是扳动由坏切换到好的开关，调整味觉喜好，而是在你知道了什么最美味后，进而在不那么美味的东西里发现美味的影响。跨过那条界线不等于建立底线。

我在四川学会了享受白酒，对此我将永远心怀感激，现在，是时候拓宽我的研究视野了。我一只脚已经跨进了中国白酒行家的门槛，现在要迈开腿向前走。成都为我指明了路，但这仅仅是个起点，我曾错把上海当成整个中国，我不会再重复这个错误。

中国是一个大国，从远处观察，这个全世界人口最多的国家似乎整体如一，但在中国内部存在着惊人的多样性。中国有30多个省级行政区，不少省份具有独特的文化、语言、地理和民族特性，每个省份、城市乃至村庄，都是等待发现的新世界、等待倾听的故事、等待喝下的酒品。我要尽己所能去体会。

也许普通中国人对威士忌的最初感受并不会比我对白酒的第一印象好多少，我现在在他们的地盘上，即使肯定会遇到让我失望的地方，但我必须尊重这片不起的土地上的传统。如果我不愿意做出最简单的让步，执意将白酒从干杯的场合剥离，还能说自己为理解中国付出了诚挚的努力吗？我努力寻求各种方式以取得共识，至少希望营造一种宽松的交流氛围。感觉我对自己的第二故乡实在亏欠得太多了。

悟得真谛的两个月后，我再次来到了成都双流机场候机。我将探索出一条路线，经由它走遍中国，跨越千年。我将以开放的心境和满溢的酒杯来进一步认识白酒。

我将越过浓烈的四川白酒，搜寻中国每处角落的酒饮。我会酌饮中国东南醇美的米酒、由刺鼻的真菌发酵的贵州白酒、犹如寒冰匕首般的北方白酒，以及所有介于它们之间的酒。我再也不会将白酒与中国数量庞大的酒精饮品混淆。我会找到盛产于江南地区的黄酒（一种已经流行千年的谷物酒），还有甜米酒、药酒和果酒。无论是发酵酒还是蒸馏酒，只要是中国酒，我都要喝喝看。

我身上带着一盒名片和一本写满了联系人的记事本（其中大部分人我从没见过），精神抖擞地向伟大的中国酒类孕育地进发。我想要了解中国酒的艺术，以及与之相关的饮酒礼仪。

在接下来的漫长旅程中，我为能进入国营大酒厂和家庭制酒小作坊使出了浑身解数。我将寻求来自历史学家、勾兑专家、政府官员、兜售滋补药酒的蛇油贩子和普通饮酒者的陪伴和帮助。我的探求将把我带入这个国家厚重的历史中，也将使我得以一窥中国的未来。我的旅程将持续一个月，也许更长。无论持续多久，我已经在中国为此准备了许多年，这将是对我最大的考验。

如果真如李白所说，进入四川的路相当于上青天，那么离开四川的路会把我引至何处呢？我探访中国酒核心产区的旅途会将我带回地面，还是会将我抛入嗜酒的深渊呢？

电子广播响了三次："女士们、先生们，现在开始登机。"

第二部分

酒的故事

Part 2

古来圣贤皆寂寞，惟有饮者留其名。

——［唐］李白《将进酒》

Drunk *in* China

第四章　逝者之酒

猴子写诗

-

调酒师：贾斯丁·莱恩·布里格斯（Justin Lane Briggs）

美国纽约，Kings Co Imperial 餐厅

-

浓香型白酒约 45 毫升，吉发得巴西香蕉利口酒约 50 毫升，马泰（Mattei）科西嘉角金鸡纳加香白葡萄酒约 15 毫升，苦橙酒约 3/5 茶匙，充分混合，加冰摇匀后倒入放有大冰块的威士忌酒杯，最后用八角茴香和橙皮碎装饰。

1984 年至 1987 年，由张居中带领的考古队取得了重要发现。他们当时正在挖掘中国河南省的贾湖遗址。河南省位于中国中部，是中原的中心，黄河及其支流流经此地。大约一万年前，一些游牧部落开始在此定居，并开创了源远流长的中华文明。有关今日中国的一切，从官僚制度到炒面，都可以在这里找到根源。在这里，史前的巫师祭司开始在龟壳上刻下文字；在这里，手工匠人将黏土做成罐子和杯子；在这里，中国人第一次喝醉了。

贾湖村落的存续时间在公元前 7000 年至前 5500 年，其文化的发展程度极为惊人。贾湖的居民已经初步开始使用一种符号文字，

与中国最早的文字甲骨文有着惊人的相似。他们的原始用具包括打击乐器和用鹤类尺骨制成的骨笛，可以演奏中国传统音乐中的五声音阶，且至今仍能吹奏。贾湖遗址还出土了陶土酒杯，但当年这些酒杯曾装过什么，则无法判断。

"贾湖居民有养鱼的池塘，他们还种植了早稻，在人类历史上第一次驯养猪和狗。"帕特里克·麦戈文博士（Dr. Patrick E. McGovern）对我解释道，"通过贾湖，我们可以非常全面地一览新石器时代的人类生活。"麦戈文是分子生物考古学领域的带头人，专攻史前时期的酒类饮品。麦戈文将最先进的科学分析工具运用于考古发现，堪称世界上最冷门案件的法医学应用，因此他经常被人称作"追寻史前麦芽啤酒的印第安纳·琼斯[1]"。

2018 年 1 月一个下雪的早晨，我在费城的宾夕法尼亚大学博物馆见到了麦戈文。他很亲切，高个子，蓄着长长的白色络腮胡。麦戈文向我展示了他在考古系的办公室。那是一个典型的学者办公室，宁静简朴，堆满了书籍，公共电台广播里的古典音乐若有若无，但有几样反常的物件让人眼前一亮：书架上孤零零地放着一瓶中国白酒，旁边是 2009 年大美利坚啤酒节的奖牌，他将这里称为他的"神龛"。办公室里还有几个文件柜，上面贴着手写的"啤酒""葡萄酒"等大标签。

1999 年，受一位同行邀请，麦戈文来到中国山东，参与新中国首批国际性考古发掘活动。那里的条件很艰苦，没有取暖设备，住宿条件很糟糕，盥洗室就是一条水泥沟，但按照麦戈文的描述，

1　好莱坞冒险系列电影《夺宝奇兵》（*Indiana Jones*）的主角。——译者注

那里"太令人兴奋了"。知道自己将在中国停留 6 周时间,他想尽可能利用这个机会与几位中国最重要的考古学家见面。"我开始明白,中国的技术传统真的非常悠久,文化发展甚至早于中东。"他主要的研究领域就是中东,"中国最早的陶器出现于公元前 16000年[1],但中东最古老的陶器出现于公元前 6000 年。所以说,中国比中东还要领先一万年,我太吃惊了。"

麦戈文不管去哪儿,都得到皇室人员出访般的礼遇,每天都受到新鲜丰盛的宴席款待。"在河南安阳的时候,我们经常出门,"他说,"他们带我去了一家餐馆,那家餐馆在黄河里的一条船上。他们给我上了一条大鱼,我用筷子夹了第一口鱼肉,然后大家都为我鼓掌。"不可避免地,麦戈文喝到了白酒,很快,他发现自己更喜欢柔和的米酒。

最后,麦戈文来到了河南省会郑州。张居中在那里为他展示了贾湖遗址的陶器样本。通过与分析专家和研究者组成的国际团队的合作,麦戈文对这件石器时代的陶器进行了一系列测试,以便提取上面的残留物。该团队的发现重写了酒的历史。

在此之前,存在已久的观点认为酒精饮品起源于西亚或高加索地区。但贾湖出土的陶器上残留着迄今为止最古老的酒精成分,而且久远得不是一点儿,而是比之前的发现早了几千年。(直到我写作本书的 2019 年为止,贾湖陶器上的残留物是世界上已知的距今最久的酒类遗存,不过,麦戈文暗示,西亚地区的新发

1　据中国考古学者吴小红、张弛等人的研究,中国早期陶器出现的时间约为 2 万年前。——编者注

现可能很快会改写这一纪录，中国也有比贾湖时期更早的出土陶器样本尚未进行检测。）

无可置疑的是，贾湖陶器的这一发现证明，中国对酒的热爱在有文字记录的历史之前就已经存在，甚至早于中华文明。中国的饮酒文化是和中国的民族身份一同诞生的，至于饮酒传统是在多久以前出现的，不妨参考一下古代中国学者为中国最早的酒发明的术语"猿酒"——猿猴造的酒。这一词语完全不夸张，尽管读者会疑惑，这些醉醺醺的灵长类动物是如何酿造出酒的，但这很容易解释。

一切都源于发酵，在这一过程中，酵母菌将糖分转化成二氧化碳和酒精：果实经发酵便成了果酒，自然界最甜的物质蜂蜜经发酵就成了蜂蜜酒。发酵的过程无须人工干预，一颗果子从树上掉下来，并与空气中存在的酵母菌接触后，发酵就自然而然地发生了——就是如此简单，连一只猴子都能办到。17 世纪学者李日华记载："黄山多猿猱，春夏采杂花果于石洼中，酝酿成酒，香气溢发，闻数百步。野樵深入者或得偷饮之，不可多，多即减酒痕，觉之，众猱伺得人，必嬲死之。"其他古代记载也指出，中国西南部的猴子也有这种恶作剧，它们因为喜爱饮酒而故意对果实进行发酵。

然而，发明啤酒可不是猴子能办到的。谷物里的糖分极少，因此需要先将淀粉转化为糖分（这一过程叫糖化作用），然后才能酿出带泡沫的啤酒。人类祖先很可能最初通过咀嚼谷物然后吐出来的方式来使谷物发酵，这样做是为了利用唾液中的酶来分解淀粉。中国最早的酒类饮品差不多正是以此种偶然的方式被创造出来，人类祖先或是原始人吃了或是喝了接触到空气中的酵母菌并且天然发酵的含糖食物。

无论这个原始人吃了或喝了什么，他都没被毒死，还很喜欢那味道——更重要的是，他喜欢那种美妙的微醺感觉。也许，这个原始男性因此在原始女性面前变得大胆起来，说的原始笑话也更加搞笑，跳的原始舞蹈也没那么难看，总之，让残酷的挣扎求生变得没有那么艰难了。不管这个第一次喝醉的两足生物（"零号醉酒者"）有什么感觉，他都不知不觉迈出了第一步，跟跟跄跄地走上了人类酩酊大醉的漫长道路。

酒类缘起的核心是酒在农业发展中起了某种作用。对于人类而言，酵母菌的第二个重要作用是让面团膨胀，因此有了面包。因为相似的成分，啤酒常被称为"液体面包"，这个绰号暗示着面包比酒更早诞生，但实际情况可能并非如此。

在这块陆地上，人们发现了原始人的生活痕迹。中国人的原始祖先过了几十万年的漂泊的觅食生活。在距今大约一万年前，因为某种未知的原因，人类决定过集体的定居生活。这个重大的变化发生于新石器时代，全世界的人类开始形成聚落，并将农业作为生存的主要手段。

人类学家最初相信，人类决定过定居生活是因为想要保证更加健康的饮食，同时减少能量消耗。但现在我们知道，至少在一开始，定居生活可比之前的流浪漂泊生活困难得多。大多数现代狩猎者投入的劳作时间和精力要少于农业从业者，如贾雷德·戴蒙德在《枪炮、病菌与钢铁：人类社会的命运》里写到的那样："事实上，由于富裕的第一世界公民实际上用不着亲自去做种植粮食的工作，所以对他们来说，粮食生产（通过远处的大农场经营）意味着较少的体力劳动，更多的享受，使人免于饥饿并获得较长的期望寿命。"[1] 可对于必须发展新技术才能获得谷物收成的古代农民而言，他们面临的境况显然极为严峻：更多劳作、更易感染疾病以及寿命更短，而且食物来源不够充足，种类单一。

零号醉酒者此时又要扮演重要的角色了：如果人类转向农业并非因为饥饿，那么原因说不定是"口渴"。正如 20 世纪上半叶的中国历史学家吴其昌（1904—1944）所指出的："我们的祖先一开始栽种稻黍是为了酿酒，而不是将其作为食物……吃稻米的习惯实际上是源于酿酒。"

可以这样来解释：零号醉酒者酒醒后，决心得到更多的这种饮料。酒精促使大脑释放出多巴胺、内啡肽和血清素，那愉快的感觉让人上瘾。他找到让他沉醉的果实或蜂蜜，然后开始实验，直到再现了让他第一次感到微醺的场面。这一实验也许花费了几天，甚至几年，其间的过程一定非常单调乏味，请记住：那时候可没有互联网。一旦零号醉酒者或是其他什么人发现了发酵的秘密，就可以随心所欲地复制这一过程，其他的原始人尝试过之后，也喜欢上了这种奇妙的感觉。酒成了一种炙手可热的商品，一种被垂涎和膜拜的东西。酒越是被尊崇，人们就越是迫切地想要找到果实和谷物的可靠来源。沿着这个思路，这一需求导致一部分人联合起来，开始栽培谷类作物。

这个所谓"啤酒先于面包"的理论在 20 世纪后期引起了不小

1　此处引自《枪炮、病菌与钢铁：人类社会的命运》，［美］贾雷德·戴蒙德著，谢延光译，上海译文出版社，2006 年版。——译者注

的争议，支持这一理论的证据也很快出现了。在贾湖发现的九千年前的酒类是非常具有说服力的证据，麦戈文称其为"新石器时代的格洛格掺水酒"，这种酒不是果酒，不是啤酒，也不是蜂蜜酒，而是三种酒的结合，它由葡萄、山楂、蜂蜜和稻米酿造而成，应该是一种芳香的甜酒。这款掺水酒里的东西如此之多，饮用时可能要用吸管，否则会喝进一嘴沉淀物。

令人惊讶的是，世界上最早的葡萄酒诞生在中国。尽管现代中国拥有全世界一半以上的野生葡萄品种，但没有一个品种曾被培育种植，而且葡萄酒在古代中国流行的时间并不长。不过，贾湖发现的最古老的酒中就含有葡萄成分。

更让人吃惊的是，这款掺水酒中含有稻米成分。时隔如此之久，很难断定其中的稻米是野生的还是被培育种植的，但它依然是中国稻米种植的已知最早例证之一。这表明，在成为中国饮食中的主要食物之前，稻米就已经被用于造酒了。

不满足于仅仅发现了世界上最古老的酒类饮品，麦戈文还想尝尝它的滋味。麦戈文与特拉华的狗鲨头啤酒厂（Dogfish Head Brewery）的所有者萨姆·卡拉乔内合作多年，重新酿造了几款古代酒。2005 年，他们开始尝试制作贾湖古酒，并在个别地方做了微小的改变——例如，啤酒厂不需要用人的唾液来分解淀粉。第二年，他们成功酿出了这款被命名为"贾湖古堡"的酒。这款琥珀色的酒口感清新，味道丰富得异乎寻常，既有蜂蜜酒的甜美，又有比利时酸酿啤酒的强烈酸度。如果说这款酒十分接近那款古酒，那么它正预示了之后数千年中国人对浓烈酒饮的偏爱。

距上次有人喝到这款新石器时代的掺水酒，已经过了差不多一万年，但人类今天再次品尝这款酒时，仍能明白这是一款好酒。贾湖古堡在大美利坚啤酒节的一场盲品会上获得了金奖。在所有同卡拉乔内合作的产品中，这款酒仍然是麦戈文的最爱，怪不得这枚金质奖章被他捧上神龛。

现在回到麦戈文的办公室。他刚把那枚奖牌放回原处，好像突然想到什么，把手伸向放在书架一边的小塑料包，问我想不想看看贾湖出土的陶片样本。我不被允许把陶片从塑料包里拿出来，但能摸到如此远古的物品已经足够神奇了。那是一片米黄色的陶器碎片，容器内侧表面被刻出了许多细线（"很少见，"麦戈文指出，"很可能是为了固定住沉淀物。"），它来自一个制作于九千年前的酒罐。

然而，这个推翻生活方式的决定，即放弃辽阔平地转向农舍的决定，永远地改变了人类。哪怕十分美味，一款饮品竟能激发起这样一场革命，听起来实在难以置信。

贾湖讲述了一个截然不同的故事。和中国其他考古遗址一样，那里出土的很多酒具都被埋在墓穴里。人们发现，酒杯、酒瓶与手工器具、图腾以及其他珍贵的物品摆放在一起，可以据此推断，酒在石器时代极为珍贵。我们永远都无法得知当时的人为什么要喝酒，他们没有能留下记录原因的语言文字。然而，后来的历史记载表明，饮酒在史前的日常生活中占据了重要的地位，甚至在逝者的死后生活中也同样如此。

清朝学者浦起龙（1679—1762）指出，在各种各样的宗教和世俗仪式中，没有哪一种仪式比祭祀更重要。祭祀，从骇人听闻的献祭俘虏这种野蛮仪式，到用美味的食物与饮品供奉，形式多种多样，一场祭祀便是人类与灵魂国度之间的利益交换。儒家经典《礼记》里警告说，吝啬于祭品或因同一件事祈求两次，会惹恼神灵。神灵易怒，祭祀不仅是为了讨好神灵，也是为了重申凡人在神明主宰的世界里位置卑微。祭祀仪式的重要性体现在献祭时酒的数量上，毕竟神灵都很"贪杯"。

在公元前 1000 年，甚至可能更早的祭祖仪式中，会有一个人作为死者的替身，代表亡灵。扮演死者的人通常是逝者的亲戚，在祭祖仪式前一周内要禁食，时时冥想自己将要化身为那个亡灵。

先将一杯酒洒在地上，主人或巫师把"亡灵"召回人间，祭礼开始。主人先从酒杯里抿一小口酒，剩下的留给"亡灵"分三次喝完。主人的妻子和仆人会重新添满酒和食物等祭品。偶尔，人们也会屠宰一头牲畜当作祭品。祭礼仪式中，主人喝一口、"亡灵"喝三口的流程一直被严格地遵守。原本已经饥肠辘辘的"死者"可能早就饿得产生幻觉了，几杯酒下肚，便立刻醉得不可救药。

看到"亡灵"烂醉如泥，众人开始对"亡灵"表功，自述做过的某件善举，接着进入祭礼更热闹的环节。《礼记》解释，扮演死者的人吃到的是神明剩下的食物和酒，所以当他起身时（想必是要跑到一边呕吐到晕倒吧），主人和三个仆人再分享他剩下的食物和酒。然后，其他仆人再分享剩下的，接下来如此这般按照等级传递分享下去。从此时起，众人的活动才真正开始，每个人继续对"亡灵"敬酒，"亡灵"回敬，然后每个人互相敬酒，直到肃穆的仪式变成了喧闹的歌舞表演。

任何同中国人喝过白酒的人一定不难发现，今天声名在外的干杯竞饮正是源于古代的祭礼，这并非巧合。在贾湖的墓葬中发现的酒罐，就摆放在逝者的头边。"可能他们在阴间也要喝酒。"麦戈文说。

《楚辞》中一首名为《大招》的作品生动捕捉到了祭礼的场面：

> 炙鸹烝凫，煔鹑陈只。
>
> 煎鰿臛雀，遽爽存只。
>
> 魂乎归来！丽以先只。
>
> 四酎并孰，不涩嗌只。
>
> 清馨冻饮，不歠役只。
>
> 吴醴白蘖，和楚沥只。
>
> 魂乎归来！不遽惕只。

在中国早期的饮酒文化中，方方面面都被组织起来，无论喝多喝少，你的一举一动都被严格地规定着。古代中国习俗所包含的最重要的观点是，你不能为了过酒瘾而喝酒，喝酒永远要有个高尚的意图，就像一位成都白酒经销商曾经对我说的那样："孩子出生了，我们喝酒；有人死了，我们喝酒；有人结婚了，我们喝酒。没有原因，你就不能喝酒。"

古时候也是如此。人们饮酒庆祝新生命的降临，也饮酒纪念生命的逝去。上战场前，人们饮酒来鼓足勇气；凯旋时，人们再次饮酒庆祝。对皇权和婚姻宣以忠诚的誓言需要喝酒，甚至连行刑时也不能少了酒。无论是古代还是现代，最不能缺少酒的场合就是宴会。宴会并不是有钱人微不足道的消遣，而是领导巩固权力的重要工具，举行宴会确保了群体的延续：像样的菜肴可以把对手争取过来，也可以凝聚盟友的忠诚。盛大宴会的前提是食物的盈余，这需要更多的谷物耕作和人口聚集，进而促成了村庄和城市的诞生。

伴随着人类活动，酒散播开来，这可能是个体一时兴起所致，也可能是一个村庄接一个村庄地传播，麦戈文将这条传播的路线称为"史前的丝绸之路"。起于贾湖或其他中国人第一次饮酒之处，酒从中国蔓延到高加索地区，一千年后葡萄酒在那里诞生，又过了一千年，中东人开始酿造啤酒，亚洲草原上的居民开始发酵马奶制酒。

酒的传播也是双向的。考古发掘出了贾湖古酒四千年之后出现的另外两种酒——山东两城镇的掺水酒和陕西米家崖的原始啤酒。这两种酒都含有大麦成分，而大麦和相关酿酒技术都源自美索不达米亚或地中海地区。波斯拜火教和古希腊文化也沿着同样的路线在后来传入了中国。

酒不仅催生了文明，还滋养了文明的发展。已知最早的中国书写文字是写在龟壳或牛骨上询问神明的占卜辞。巫师将刻有卜辞的龟壳或兽骨用火加热至出现碎裂，裂纹便代表了上天的意志，刻在这些甲骨上的文字里就有"酒"，由代表水和酒壶的两个符号组合而成。如今，"酒"是代表一切酒精饮品的汉字，中国烈酒被称为"白酒"，谷物酒被称为"黄酒"，葡萄酒被称为"红酒"，但在几千年前甲骨文盛行之时，"酒"仅仅指一种具体的饮品，一种可能由稻米或黍类酿造并经过滤的甜酒。在蒸馏烈酒问世之前，这种酒是已知最浓烈的酒之一。

"酒"并不是古时候唯一流行的饮品，遗存的记录表明，古人的饮品至少还有四种："酒"最主要的竞争者是"醴"，一种黏稠的淡甜酒，由稻米或黍类同发芽的谷粒一起发酵而成；还有一种由碾碎的果实与水酿成的果酒，叫"酪"；一种谷物酒与沉淀物的混合物，称为"醪"；还有一种名为"鬯"的祭祀酒，由香料植物、鲜花和树脂发酵而成。

酒的迅猛发展和流行也许可以归因为半神话时代的夏与商这两个王朝的崛起。夏、商两朝在公元前 2070 至前 1046 年的时间里统治着中原，这两个朝代建立了官僚制度，随之而来的是官方发起的造酒活动，将造酒从一种技艺推高至一个专业。公元前 1000 年之前的朝廷，已经设立了一名酒的监督官员、一名酒的酿造官员、一名鬯的加工官员，以及一名保存祭祀用香料植物的官员（不过，负责酿造醋的官员，所掌管的队伍已超过 60 人）。中国的饮酒历史从那时起便和政府的统治方式息息相关，主管祭祀的官员被称为"祭酒"，这一名称后演变为指称中国古代最高学府和教育管理机构的主管官员，它一直保留到了 19 世纪。

"在中国，与人类最复杂的酒文化同步发展的，还有一种极为复杂的礼仪制度和庞大的青铜器铸造制度。在青铜器制度中，器皿的形制和名称之多是其他文明难以匹敌的。"中国酒的重要研究学者、德国美茵兹大学教授柯彼得（Peter Kupfer）在他的《琥珀光与黑龙珠：中国葡萄酒文化的历史》中这样写道。精美的青铜酒杯和酒瓶的铸造在商朝到达顶峰，创造出了一种特色鲜明的中国审美，可能进而催生了该地区独有的艺术风格。

酒对语言的影响同样深远。正如柯彼得说的那样，有 400 多个汉字包含了代表酒壶之意的部首"酉"。就像因纽特人形容雪的词有 50 多种，浸在酒里发展起来的中国文化中表达饮酒和祭酒的方式数不胜数。

关于古代官方的造酒人员，我们知之甚少。最早的记载认为"发明"酒的是仪狄，当然，我们对她一无所知，只知道她为禹的朝廷服务——禹是中国第一个朝代夏朝的开国君主。

尽管仪狄的性别一直以来都颇受争议，但大多数历史学家都认为仪狄是女性，这也反映了女性在中国早期造酒中的杰出作用。"几乎在所有的文明中，负责酒类生产和供应的都主要是女性，正如苏美尔文明里的酒神宁卡西和中国的仪狄都是女性。"柯彼得写道。

完整的故事是，禹的女儿命令仪狄为她劳累的父亲做一款能振奋精神的滋补酒，酒被敬献给了禹，这款甜美的酒让他精神焕发，但睿智的禹认为酒会让未来的君王沉迷堕落，于是，他立刻下令禁止酿酒。其他的流传版本还有禹将仪狄驱逐出境的说法。

有传说认为，是杜康造出了中国最早的谷物酒。他的身份尚不清楚，有人认为他是夏朝后来某位君主的孙子。不管怎样，杜康被朝廷指派管理粮食，他心不在焉地将一些高粱存储在一棵枯树中，过后很快就忘记了。一天，当他走过那棵枯树，闻到了一股甜味，这股愉悦的气味给了他灵感，于是他做出了一款美味的酒。

女性在历史上普遍不受重视，仪狄按照命令造酒被驱逐，而杜康在工作中犯了错误却赢得了一致的赞誉。今天，仪狄完全被遗忘了，杜康却被尊为酒神。后人吹嘘说："杜康美酒，一醉三年。"连军事家曹操都说："何以解忧？唯有杜康。"仪狄最先发现了造酒的秘密，却背上了让男性君主放纵的骂名。

问题是，历史与神话的界限到底在哪里？最古老的商朝甲骨文的年代是公元前 14 世纪（比贾湖文明晚了五千多年），而第一次有文字记载酒的起源是一千年后的事了。宋朝的《酒谱》中，作者窦苹有些恼怒地说："皆不足以考据，而多其赘说也。"

这并不代表传说就没有任何价值。从杜康的故事里，我们可以猜到中国传统谷物酒起源中可能有两个重要的因素：蒸熟的谷物和环境条件。禹有关酒的告诫更像是后世历史学家带有后见之明的润色。

夏和商最后的灭亡都和酒有关。夏朝最后一任君主桀是个大名鼎鼎的酒徒，他的名字成为暴君的代名词，哲学家荀子曾经比较过他和禹："禹以治，桀以乱。"桀与他最爱的宠妃妹喜荒淫无度，施行暴政，聚集了宫女、乐手、倡优和侏儒等人，夜夜饮酒作乐。"维乱骄扬。"史书里这样描述他们二人。

桀下令建造一座高大巍峨的宫殿，一个大到可以行舟的酒池，命令 3000 个可以牛饮的人光着身子在池中饮酒，妹喜以看人酒醉溺死为乐。大臣关龙逢劝谏桀，却被桀处死。桀将自己的对手汤囚禁起来，后来又释放了（他最为悔恨的决定）。汤推翻了荒淫的桀，建立了商朝。他将桀与妹喜扔到一只船上，任其漂流于海，二人最终在流亡中死去。

商朝最后一个君王的故事更加翔实，结局和桀一样。纣王帝辛在年轻时有智慧、有才干，但对酒的沉迷使他成为最好色的君王。他一直喝得醉醺醺的，不理朝政，用残忍的手段镇压与他意见不同的人。纣王的叔父比干力劝他改正自己的德行，纣王竟让人将比干的心挖出来。

纣王的荒淫程度比残忍程度有过之而无不及。按照中国的历史学家司马迁的说法，纣王"以酒为池，县（悬）肉为林，使男女裸相逐其间，为长夜之饮"。喝醉了的贵族全身赤裸，挥霍动物油脂，伸手就可以拿到肉块满足口欲。后世以"酒池肉林"来形容一种糜烂堕落的生活，形容得一点儿没错。

周武王发动了一场起义，在一场极端血腥的战斗中彻底击败了商朝军队。目击者回忆说，士兵的木矛甚至都漂浮在血水当中。疯狂的纣王退回自己的宫殿，灌下一杯酒后自焚而死。没有人怀念他，但不包括他的酒。建立周朝后，武王禁止了除祭祀外的一切饮酒活动。

"天命"的观念确保了权力的迅速更迭，这种观念宣称统治者的权威来自正确的行为和让上天满意，并提供了一种解释，让新的王朝取代旧的，却不会危及君主制度的合法性。

这种观念的提出聪明得不像话。直到失去权力的那一刻，旧王朝一直拥有道义上的权威，夺权者一旦上位，便有了自己的权威。这解释了桀和帝辛的垮台，而且无须质疑上天的智慧，它不仅意味着在理论上任何人都可以统治中国，也意味着中国统治者从不会犯错；如果统治者犯错了，就会失去权力。这个理论让政治哲学简化成了一种重复自证的循环逻辑。

这一观念在中国古代具有革命性意义。商王曾被视作介于凡人和神之间，只有他才能进入神的领域，并因此拥有了权力。在祭祀时，他代表凡人与神明对话，进而按照上天的旨意行事。有了天命，统治权威得以具体化，政府在本质上变得世俗化。

自此，饮酒文化也不再高高在上。和之前的朝代一样，周朝也雇用了一大批酿酒人员，酿造各种公共和私人用途的酒饮。祭祀仪式仍然存在，但人类的"模仿者"被偶像所取代。人们饮酒不再只为了神明，也为了彼此庆祝。在世俗世界中，政府可以限制酒的生产和销售，不用担心触怒上天。

周武王的禁酒令也是中国历史上第一个禁酒令，但只是昙花一现，最终并没有有效施行。到这时，酒已经成为社会各阶层的日常生活中不可或缺的一部分。儒家经典《尚书》记载了公元前650年前后，一名官吏对禁酒的看法，他指出连圣贤都无法完全戒除饮酒，何况普通大众。[1] 无论是古代的中国还是世界的其他地方，这个说法都切中现实。

在现代社会，洁净的水唾手可得，竟让我们一时忘记了人类在弄清楚管道架设前就建起了城市。由于当时污染物和水源传染性疾病致使城市的供水并不适于饮用，很多文明转而用葡萄酒或啤酒来替代饮用水，酵母具有抗菌性，能杀死致病菌，所以酒成了更健康的饮品。在吉萨建造金字塔的古埃及工人每天有近4升的啤酒配给；在像咖啡和茶这种更有益的饮料出现之前，欧洲人每天的饮酒量也与古埃及人不相上下。

在中国，白开水和后来出现的茶为周朝禁酒提供了条件。酒中有毒性物质，几杯之后，人就会皮肤发红、头痛、恶心，甚至出现更严重的慢性疾病。一种叫乙醇脱氢酶的物质能够在有毒物质造成损伤前将其代谢掉，进而抵消酒精的负面作用，像生活于中东和欧

1　作者此处所陈述的《尚书》内容，转引自英国19世纪作家詹姆斯·萨缪尔森 (James Samuelson) 在自己《酒的历史》(*The History of Drink*) 一书中基于詹姆斯·莱格 (James Legge) 所译《尚书》的解读。以上内容无法在《尚书》中找到对应的文字，不排除是萨缪尔森或莱格理解错误。——译者注

洲这些地区的居民，依靠酒精的水合作用，通过自然进化在人体内产生了这种酶——如果你没有这种酶，根本活不下来。

然而在亚洲，人们通过将水煮沸来获取干净的饮用水，结果让很多人对酒精不耐受。这种酶的缺乏症经常被称为"亚洲红"，因为缺少这种酶的人饮酒后脸总是红红的。每 10 个中国人中就至少有 1 人患有这种酶缺乏症，而太平洋沿岸的亚洲地区，有一半人口都缺少乙醇脱氢酶，这有效地在生理上降低了酗酒行为的形成概率。同样，这也意味着禁酒令不会面临公共健康原因的阻挠。

在中国的封建王朝时代，君主试图禁酒的尝试不下 40 次。原因听上去都很正当：造成粮食短缺，会致使官员堕落，等等。但酒徒和酿酒者总能找到逃脱法律制裁的方法，官方多次发布禁酒令，本身就足以说明其执行效果有多么糟糕了。

从中国历史的早期篇章里，可以看出酒与政府之间的关系并不算融洽。酒曾帮忙塑造了一个文明，还为它的人民提供了丰厚的精神生活。人民反过来崇敬酒，哪怕后来它褪去了宗教性的外衣。不过，酒也带来了灾祸、混乱等恶劣结果，以及各种失序的行为——这些都称不上君主的良治。

何时应该饮酒？应该喝多少？饮酒的目的是什么？这些问题愈加凸显，亟待解决。问题的答案以及拥护这些答案的各色人物，将为我们勾画出中国酒文化的黄金时代——黄酒时代。

第五章　仙人之酒

公元前 221 年，一切都变了。就在亚历山大大帝征服了从地中海至印度西部的广阔帝国后不久，同一时期，秦始皇几乎拥有了秦国以东的所有土地。秦国的战争机器接连征服了从周王朝分裂出的诸侯国，粉碎对手，建立了一个范围远超中原的帝国，东到辽东，南及今越南北部，西至巴蜀地。帝国的疆域已经初具现代中国的雏形。秦，被认为是中国第一个大一统的王朝。

虽然秦始皇是一位杰出的军事家，却也是个暴君和极其不受欢迎的统治者。是他下令建造了长城和守卫他陵墓的兵马俑，这两项宏伟的工程之下，是被强征劳工的数不清的白骨。秦始皇压制不同的观点，活埋反对者。在他过世后不久，他的王朝就覆灭了。不过，秦朝为后来汉朝的四百多年稳定发展奠定了基础。很能说明问题的是，华夏人后来大多自称"汉人"而不是"秦人"。

在中国统一的同时，造酒技术领域发生了一场更不为人察觉的革命：曲的广泛应用。与指南针、火药、造纸和印刷术一样，曲被看作中国有史以来最重要的发明之一，中国人甚至称其为"第五大发明"。表面上看，曲只是一堆捣烂后干掉的谷物，但表面之下存在着一个多样的微生物生态系统，这便是要害所在。

谷物酒远比果酒复杂，谷物的淀粉含量高，糖分含量低。酵母菌消耗掉糖分，产生酒精和二氧化碳（发酵过程），所以酿酒时需要先将淀粉转化为糖分（糖化作用）。威士忌和啤酒这类西方谷物酒，通常通过麦芽的制作或酶的参与来完成发酵。至于近似啤酒的中国古酒"醴"，则是先将谷粒浸泡于水中使其发芽来得到相同的效果，然后等待空气中的酵母菌将其转化为酒。这两个例子都需要两个步骤：糖化作用，然后进行发酵。曲的不同凡响之处，在于它将这一过程简化为一步，曲中的酵母菌和其他微生物同时分解淀粉和糖分，将谷物直接转化为酒精。

曲的做法是：将谷粒（蒸过的、烘烤过的、生的或将这三种谷粒混合）与水混合，做成方砖，然后将方砖放到相对不透风的房间，让它在接下来几天甚至几周时间内缓慢变干。在培养曲的过程中，来自周围环境中的霉菌、酵母菌和细菌布满了谷粒的里里外外。培养完成后，将曲砖从房间移至阳光下晾晒，抑制微生物的进一步生长。如果保存得当，曲中的活性物质可以存活数年。

中国酿酒人取出曲，碾成粉末，然后将其与蒸制的谷粒混合。真菌酶将淀粉转化为糖分，而霉菌开始在谷粒内生长增殖；酵母菌则迅速繁殖，将糖分发酵成酒精；细菌则赋予了酒独特的果香。

这一过程不仅极有效率，所产酒的酒精度是古代西方麦芽啤酒的三到四倍，而且具有高度的特异性——酿酒时空气中恰好存在的微小生命决定了酒的特点，因此每种酒都反映了其生产地的特征——"风土"[1]的概念被提升到了一个新的水平。在古时做到这一点极为不易，尽管中国古人似乎并没有完全理解这一过程的生物化学基础，但同时代的西方同行根本就没弄懂过。

最早有关制曲方法的书面记录来自 6 世纪时诞生的《齐民要术》。按照书中所说的制作方法，必须由一名穿着深色衣物的男童取来水，其余任何人都不能碰。如果水有多余，必须倒掉，不可再用。和曲的人只能是男童，而且干活时他们必须面朝西边。和曲的同时，工人需雕刻出五个小雕像，称为"曲王"。将曲砖放入房内进行干燥培养前，工人要摆上肉脯和酒作为供品。当主持人念过三遍祝文后，仪式正式开始。在场的全体人员要两次叩拜曲王。这里要十分感谢《齐民要术》的作者贾思勰，因为他还观察过，如果省略了其中某个或多个古怪步骤，最后酿出的酒并不受影响。

曲很可能是中国古代烹饪实践中的意外结果。在中东和地中海地区，主要的谷类作物是小麦和大麦，它们有着坚硬的外壳，只有磨成面粉才可以继续加工成食物。在中国，谷类作物的外壳要柔软些，可以直接煮熟，或者像公元前 6000 年前后时那样蒸熟。只要一部分蒸熟的谷粒腐烂，就会引起发酵，整个过程只需要轻微的人工干预，即把腐烂的谷物晾干，就能做出曲。

公元前 2000 年至前 1000 年，大约是商朝或周朝，中国第一次进入了谷物盈余的时期，新的以曲为加工基础的混合饮品出现了，被称作"酒"。

1　原文为法文 terroir，指农产品种植地所有自然条件的总和。这一概念在葡萄酒酿造和品鉴中最为流行，近年来一些葡萄酒专家指出，风土也应包含人的因素。——译者注

醴在与酒的竞争中落了下风，酒的味道更为浓烈愉悦，而且酒精度更高。也可能是因为随着中国当时生活卫生条件的改善，细菌减少，让一直依靠自然发酵的醴的味道变得越来越淡。明朝百科全书《天工开物》的编者宋应星写道："后世厌醴味薄，遂至失传。"啤酒就这样在中国的酒饮图景中消失了两千年。

曲问世后的几个世纪里，逐渐诞生了几十甚至上百种曲的不同品种，但如今主要有两种：大曲和小曲。大曲主要是由小麦和大麦制成的大块曲砖，用于酿造大部分白酒；小曲是干燥的米团，更多用于酿造谷物酒（这里的谷物酒概念不同于西方以啤酒或麦芽啤酒为代表的谷物发酵酒。这种直接由谷物酿出的酒，尝起来更像是西方的甜酒。无疑，"酒"的文化意义与葡萄酒在印欧语系文化中的意义十分接近）。曲，为中国乃至整个东亚地区的酒饮奠定了基础。

曲对中国烹饪也产生了深远的影响。到汉朝时，曲被用来生产醋，腌制肉类和蔬菜，制作肉酱、鱼肉酱和豆酱。后来，曲也促生了馒头、酱油、鱼露和豆腐。我们如今谈到中国烹饪时联想到的味道，即使不是所有，也有大多数是来源于这项伟大的酿酒发明。

所有用曲来酿造的谷物酒，在当时都被称作酒，毕竟它们都是基于同一基础的不同变体。今天，我们把这种用曲来酿造的谷物酒称为黄酒，不仅因为大部分黄酒呈琥珀色，而且（有一种猜测）因为这酒是皇帝的饮品，而黄色是专属帝王的颜色。

实际上，黄酒能如此迅速地发展出不同品种并成为古代中国主要的酒饮，完全归功于汉朝中央集权的统治。汉朝建立之初也施行了禁酒令，但很快就做出了改变。由于一系列军事扩张行动，汉武帝（前156—前87）用国家垄断酒业取代原本就不受欢迎的禁酒令，这一举措立刻取得了成功，其后所有的朝代都以各种形式复制了这一政策。酒带来的税收成为中国政府收入的一大来源，甚至是主要来源。在某种程度上说，酒影响了国家的命运。

既有垄断该产业的控制手段，也有充实财政收入的强烈动机，国家运用了丰富的资源将最新的酿造配方和工艺推广至每个角落。各地不同的作物、口味偏好和传统，促进了地区性黄酒的涌现，但无论是国都还是最偏远的乡村，黄酒的酿造基础大体一致。由此，黄酒开始蓬勃发展。

就在中国构筑起崭新的民族身份之时，思想领域正在静悄悄地进行着一场革命。因为饮酒会产生各种目无律法、跋扈专横的行为，中国古代很多帝王对此产生担忧，一种中庸的声音因此诞生。圣人孔子说，如果国家离不开饮酒，那就用礼仪来节制。

孔子出生于公元前 6 世纪的动荡年代。周王朝早已失去了对权力的掌控，中原分裂成了众多互为对手的诸侯国，需要几个世纪和成千上万条生命才能填补这段权力的真空。中国的王权时代虽在垂死挣扎，但仍然拥有最后的辉煌时刻。把混乱变为有序，离不开激进的思想，伟大思想家的大量涌现，共同铸就了这个"百家争鸣"的时代。其中，孔子对后世的影响最为深远。

孔子的一生和教诲被披上一层神话外衣，但历史学家普遍认为他是一个真正存在的人物，是鲁国（今山东省）的一个小贵族。孔子周游列国，年近七十时退隐，专注教育弟子。他教授诗歌、历史和道德等知识，致力于培养全面、完满的人才。

孔子思想的核心是修身，人可以被塑造为对社会有益的成员。

他的哲学本质上是世俗的，倡导教育和道德修养，并以"仁"来对待他人。从实践上看，他的思想意味着人人都要为社会的顺利运转发挥自己的作用：统治者有自己的职责，父母要养育子女，教师要教书育人，诸如此类。人与人之间的关系是互相对应的：臣子必须忠于统治者，而统治者行使权力时要合乎道德，这样才能建立起有德行的社会。孔子创立的儒家思想依赖于一套严格的行为准则来管控私人与公共领域的关系。

儒家承认酒在中国社会中的重要地位，但倡导饮酒要适当节制。饮酒时，必须牢记尊卑次序，要按照地位等级来敬酒。最开始要敬神明和祖先，然后是长辈和贵宾。饮酒成为一种载体，来展示对祖先、上级和客人的尊重。酒在送礼中也起到了重要的作用：孔子的家乡鲁国曾送给对手一份廉价的酒礼，最终引发了多场战争。

孔子对待饮酒的态度，很大程度上受到了所处时代的主流饮酒观的影响。当时的主流饮酒规则是由周公旦提出的。周公旦是周朝创立者周武王博学的弟弟。《尚书·酒诰》里记录了周公旦的禁酒令，他宣布只有祭祀时才能饮酒，除了向长辈敬酒等少数场合，臣民不应当饮酒。他主张严格规范饮酒行为，禁止聚众饮酒，某些情形甚至可以处以死刑。即使官员出于职责需要饮酒，也不可以喝醉。

对于周朝统治者来说，酒具有一种宇宙论意义。天地二元世界里，发酵表明了世间万物处在恒常变化之中。正如柯彼得在其著作《琥珀光与黑龙珠》里写的那样，酒被视作"宇宙性和普遍性的自然现象，其源自上天……人只是被给予了如何运用它的决定权"。有德行地饮酒会得到上天的奖赏，嗜酒则会被严厉惩罚。

虽然孔子的饮酒观相对宽容，但他仍然相信，只有在适当的场合下才可以饮酒，比如参加祭祀和官方宴会。大量饮酒是绝对不允许的，具体来说，一次喝酒不能超过三大杯。为什么是三杯？也许源于之前祭祀仪式中的三次敬酒。不过也有人认为，三杯分别代表了宇宙中三大元素——天、地和人。具有讽刺意味的是，当今的中国宴会上，晚到者会被罚酒三杯。

有一点颇为关键：儒家弟子只有在得到允许的情况下才可以饮酒。古时，专门设立有监酒官这一官职来执行这一任务，监酒官唯一的职责是指示参加宴会的人何时可以饮酒。未能遵守监酒官的命令是一种大逆不道的行为，甚至可能因此被斩首。不过，这种传统随着时间的变迁变得越来越宽松，监酒官的作用越来越符号化，变得更似仪式主持，而不是严格的官吏。源于这一古代习俗，中国有一个名为"酒令"的饮酒游戏。

为了维持天与人的和谐关系，熟悉恰当的饮酒礼仪极为重要。也许对儒家饮酒礼仪的最佳阐释来源于《诗经》：

> 既醉而出，并受其福。
>
> 醉而不出，是谓伐德。
>
> 饮酒孔嘉，维其令仪。

孔子的影响极为深远，儒家思想尽管在秦朝时被禁止，但在汉朝再度兴盛，成为主导中国古代社会和政治的哲学思想。儒家倡导的适度饮酒原则，在今天依然发挥着作用。

如果儒家的观点是酒桌上唯一的声音，那么中国的饮酒将是一种沉静无趣的活动。幸亏，中国人的另一侧肩头上坐着一个顽皮的家伙——每当儒家信徒对着酒瓶露出眉头紧蹙的样子令人扫兴之时，总有一名淘气的道家信徒为你倒满下一杯酒。

220 年，汉朝灭亡。和之前的朝代结束时一样，新的一批思想家脱颖而出，填补了政治真空。与之前那些思想家寻求把混乱变为有序不同，"竹林七贤"则是通过肆意酣畅来抚慰自己的伤痛。"七贤"既是学者也是官吏，但他们不认同自己所服务的政府，拒绝依附腐败的朝廷，于是，他们聚集在今天河南省的一处竹林，一边创作对局势不满的诗歌，一边像码头工人般豪饮。

从哲学上讲，这七位名士都是虔诚的道家弟子，他们通过与自然秩序（"道"）和谐相处来探索真理。对他们而言，饮酒是一种获得更为无忧无虑的存在状态的方式。借酒洗去自己的拘束后，他们得以忘记自己的身份，成为真正想成为的人，这很像古罗马的那句箴言："酒中有真理。"黄酒中也有真理。

传说"七贤"之一的阮咸经常召集亲戚好友来喝酒。他准备了一个脸盆，里面装满黄酒。众人不在乎礼节，扔掉酒杯，直接用双手从盆里舀起酒送进嘴里。一天，几头野猪笨重地走了过来，也在盆里喝起了酒。有人想要把野猪轰走，但阮咸直接跪在野猪旁边一起喝起了酒。

"七贤"中另一位名士阮籍，他的故事堪称"七贤"以消极对抗的方式解决政治纠葛的典型例子。权臣司马昭想与阮籍结为亲家，阮籍心中不肯，便喝得酩酊大醉，让提亲的人没法开口。司马昭说要等到阮籍酒醒后让他亲自回复，但阮籍连续 60 天都把自己灌醉，最后司马昭只好放弃。

刘伶则是"七贤"里酒量最大的。他自夸"天生刘伶，以酒为名"。刘伶喜欢赤身裸体地走来走去，哪怕有宾客在场。当别人质疑他的行为，他回答说，天地就是他的房子，他的房子就是他的衣服裤子。"那么请你解释一下，你跑到我裤子里来干吗？"刘伶的反问让人想起美国喜剧演员格劳乔 [1]。

刘伶总是随身带着一壶酒，仆人则带着一把铁铲跟在他身边。他一边驾着骡车一边喝上一大口酒，前进几步后停下来再喝一口，仆人紧紧地跟在他身后，等他最后真的一醉不起时，用铁铲把他埋葬。

另有一则传说，讲的是中国最伟大的酒徒刘伶遇到了中国最伟大的酿酒者杜康（年代上看这根本不可能发生，两人的生活年代相差了几千年，但不用太计较）。杜康的酒馆外面挂着一副对联："猛虎一杯山中醉，蛟龙两盏海底眠。"另一块招牌上写着："不醉三年不要钱。"

刘伶无视了杜康的警告，觉得他在吹牛，于是一口气连喝三杯酒。等要付酒钱时，刘伶发现身上分文没有（说不定是那天忘记穿衣服出门了），于是跑回家取钱。

几小时过去了，几天过去了，几个月过去了，几年过去了，刘伶还是没有出现，杜康实在没有耐心继续等下去，于是他直接找上门要钱。一个心烦意乱的妇人打开了门，刘伶的妻子说，三年前，

1　格劳乔·马克斯（Groucho Marx, 1890—1977），美国喜剧演员、作家，以机敏著称，被公认为美国最伟大的喜剧演员之一。——译者注

她丈夫从杜康的酒馆回来后就死了。

"你丈夫没死，他只是醉过去了。"杜康回答。

他们挖出"尸体"后，刘伶果真还活着。他伸了个懒腰，睁开了眼，看到杜康后开口夸道："真是好酒，好酒！"

尽管后来的作家有时会把刘伶描绘成一个笨手笨脚的傻瓜，但他的诗歌自由狂纵，蔑视世俗的金钱和礼法观念，将饮酒变成了一种精神行为：

> 行无辙迹，居无室庐，幕天席地，纵意所如。止则操卮执瓢，动则挈榼提壶。唯酒是务，焉知其余？

后来的诗人陶渊明（365—427）更是把中国酒文化的二重性变成了自己思想的一部分。他出身于江西一个不走运的贵族家庭，40岁时退隐山林。有人认为陶渊明是道家信徒，有人认为他是儒家弟子；有人认为他是一位爱国者，有人认为他逃避责任。他接纳了这些矛盾之处，在一首诗中，他将清醒与酒醉这一对势不两立的概念比作两位总是伴他左右的客人："醒醉还相笑，发言各不领。"

陶渊明很少写酒[1]，但他的《饮酒诗二十首》则是酒诗中的佳作之一。在作品的序中，他说出了酒对他作品的影响："余闲居寡欢，兼比夜已长，偶有名酒，无夕不饮。顾影独尽，忽焉复醉。既醉之后，辄题数句自娱。纸墨遂多，辞无诠次。聊命故人书之，以为欢笑尔。"

---

1 有学者统计，《陶渊明集》现存诗文142篇中，谈及酒的有56篇，约占作品总数的40%。可见，陶渊明是常常写酒的。——编者注

他对自己的酒醉感到矛盾，有时还带有愧疚。然而，通过饮酒，陶渊明发现了灵感，找到了释放内心情感的出口：

> 故人赏我趣，挈壶相与至。
>
> 班荆坐松下，数斟已复醉。
>
> 父老杂乱言，觞酌失行次。
>
> 不觉知有我，安知物为贵。
>
> 悠悠迷所留，酒中有深味。

陶渊明和"竹林七贤"并不是最先纵情于酒的中国诗人，但他们对社会的厌弃和在杯中对真理的探求，将酗酒变成了一种反叛甚至英雄式的行为。不过，这仅仅是开始，让饮酒得以流芳百世的，则是唐朝的诗人。

在唐朝（618—907）的统治下，再度得到统一的中国成为当时最具全球影响力的帝国。唐朝的早期统治者将中国的疆域向四面八方拓展开，今天的朝鲜半岛北部、越南北部，以及蒙古与中亚的大部分地区都在唐朝的管辖之下。国都长安（今西安）有100多万居民，他们生活方式的国际化程度令人难以置信。汉学家戴维·麦克劳（David McCraw）在他的著作《杜甫的南方挽歌》中写道："商贩从波斯和叙利亚带来了葡萄酒、香料和宝石。吟游歌手唱着印度的圣歌，弹奏着龟兹的琵琶。货船在长江和大运河上川流不息地行驶着，满载着东南沃野的税米和广东及扬州的外国贡品，有越南的茶叶，有让中国人颇感新鲜的突厥的椅子。所以说，在长安的小酒馆里看到一个蓝眼睛回纥人坐在那里喝茶也不足为奇。"

更引人注目的是外来思想的大融合。佛教、伊斯兰教、犹太教和基督教都在唐朝时的中国扎了根，重塑了中国人的世界观。尤其是佛教和道教，彼此之间产生了强大的影响：佛教进入中国后，其禁酒的传统完全被遗忘了，至少一开始是这样的。

在这一背景下，中国最负盛名的诗人兼酒徒李白登场了。历史学家相信，李白在701年出生于中亚靠近阿富汗的某个地方，但在童年时来到四川居住。他可能是突厥人，汉语并不是他的母语，但在唐朝，这样一位极富才华的人得到了中国的接纳。

李白是个天才。有人甚至把他看作一位获得了精神开悟的道教仙人，他自己也沉浸在这一角色中，一生大部分时间都在四处云游修行。年少时，李白是一个职业剑客，成年后转而追求诗歌创作。他在朝廷做过官，为皇帝和高级官员当翻译。但无论是何种身份，他一直在喝酒。

在长安的朝廷任职期间，李白进入皇宫时经常醉醺醺地站不稳。尽管如此，他还是出色地完成了工作，于是皇帝任由他喝酒。有一次，李白喝得烂醉，皇帝甚至帮他擦去了嘴上的呕吐物，这是一个严重违反礼制的行为。李白离开长安时，皇帝送了很多奢华的礼物，但这些都不如一份免除他终生酒钱的旨意宝贵（在此之前，李白总是为支付酒馆账单而头痛）。在生命的最后一段日子，他在醉意中遍游全国。

据说，李白只有喝醉时才能作诗。同时代的诗人杜甫这样写道："李白斗酒诗百篇。"20世纪中国著名作家郭沫若仔细研究李白的作品后发现，他诗作中约17%的篇章都与酒有关，其中最著

名的作品是《月下独酌》，他将"独酌"这个原本有些被人怜悯的
场景，变成了一次庆典：

> 花间一壶酒，独酌无相亲。
>
> 举杯邀明月，对影成三人。
>
> 月既不解饮，影徒随我身。
>
> 暂伴月将影，行乐须及春。
>
> 我歌月徘徊，我舞影零乱。
>
> 醒时同交欢，醉后各分散。
>
> 永结无情游，相期邈云汉。

根据一个可信度不高的故事，写完这首诗后，李白因为想要抱
住月亮的倒影，跌进长江淹死了。

以今天的眼光来看，李白即使不是个酒鬼，也是个怪人，但李
白和同时代其他诗人对饮酒有着一致的看法——中国古代文学译
者、英国人熊古柏（Arthur Cooper，1916—1988）指出，在唐朝
时的中国，"举世公认，喝醉让人以一种完美、无拘无束的状态获
得神来之笔"。

另一位唐朝诗人杜甫在他的《饮中八仙歌》里将唐朝一些伟大
的酒徒诗人视作仙人，其中不少是他的朋友。道教中，"仙人"的
概念源于秦代，当时的官方炼丹师正寻找着能长生不死的灵药，"仙
人"是专门形容道家重要人物的荣誉称谓。在酒文化中，仙人的比
喻让饮者脱离了世俗的羁绊，生死不再能影响他们的行为。

除了李白，"饮中八仙"还包括贺知章（"知章骑马似乘船"）、

李琎（"汝阳三斗始朝天"）、李适之（"饮如长鲸吸百川"）、崔宗之（"举觞白眼望青天，皎如玉树临风前"）、苏晋（"醉中往往爱逃禅"）、张旭（"张旭三杯草圣传，脱帽露顶王公前"）和焦遂（"焦遂五斗方卓然"）。

"饮中八仙"寻醉的方式是对"竹林七贤"那种避世思想的反叛：不是以喝酒来逃避担任公职，"八仙"选择服务国家和喝酒两不误。历史证明，唐朝的这种模式更有生命力。

文人对酒的态度反映了当时时代的繁荣和相对宽松的统治。社会的所有阶层都在大量饮酒，长安的街巷满是酒铺和酒馆，其中很多是从几个街区外就能看到的多层楼阁。上层阶级消费更为精致的酒，农民则在家酿造粗糙的黄酒。唐朝的饮酒依然留存着之前的规矩和礼节，但早已和最初的意义相距甚远。饮酒，成为一种社交行为，朋友之间喝酒不再为什么高尚的目的。"酒令"早就成为饮酒时的游戏。

"划拳"这个游戏起源于汉朝，今天依然流行。饮酒时两人同时伸出手指并各说一个数，谁说的数目跟双方所伸手指的总数相符，谁就算赢，输的人喝酒。我一直没能掌握划拳时怎样喊口令，因为醉意让我的大脑运转受阻。

唐朝还有一种更加高雅的饮酒游戏。参与者将酒倒入木质酒杯，把酒杯放入溪流或水渠，使其顺流而下，酒杯停在谁的面前，那人就得即兴赋诗。如果诗作得到大家认可，他可以继续让酒杯漂流下去，如果作不出，或是诗作未能得到认可，他必须将酒杯里的酒饮尽。

唐朝文学家柳宗元也论述过他的饮酒观："今则举异是焉，故舍百拜而礼，无叫号而极，不袒裼而达，非金石而和，去纠逖而密。简而同，肆而恭，衍衍而从容，于以合山水之乐，成君子之心，宜也！作《序饮》以贻后之人。"

在唐之后一统中国的是宋朝（960—1279）。尽管宋朝涌现出了如欧阳修这样嗜酒如命的诗人和苏东坡这样的文豪，但这段时期更引人注目的是科学方面的创新。中国在宋朝研制出了用于战争的火药[1]和导航用的指南针。除此之外，宋朝时期还诞生了活字印刷和纸币。

然而，宋朝的军事战略却没有那么耀眼。宋太祖在一次军事政变中建立了宋朝，因此深知军事将领手中握有过多权力的危险。登上龙位后不久，宋太祖召集高级将领举行了一场奢华的宴会，并在宴会上对他们说，虽然他很珍视他们的忠心，但他们威胁到了自己。他命令将领们放弃兵权，作为交换，他们可以到地方担任闲散官职，并安排他们与自己结成姻亲，使他们的后代成为皇家一员。为了补偿，宋太祖赏赐了他们丰厚的财富，几辈子都花不完。每个人都心满意足，宋太祖也安心了。

继任的统治者们发现，真正的威胁不是来自内部，而是源自国境之外。1127 年，宋朝立国还不到一百七十年，北方的女真入侵者便碾压松散的宋军，攻入国都，掳走了皇帝。风雨飘摇的宋朝皇室逃至江南，迁都至临安府（今天的杭州）。

宋朝的落败却带来了黄酒的发展。被逼至南方后，宋朝失去了对丝绸之路东段的控制，原本大量的酒通过这里进入中国。宋朝被

1　据考古资料和相关研究，唐朝末年火药已被用于军事。——编者注

迫开辟了多条海上贸易航线，但因为贸易伙伴大多数是有不饮酒习俗的国家，中国通过这些渠道无法进行酒类贸易，这迫使宋朝开始把目光转向国内，兴起了一场酿酒复兴，江南新都城周边的富饶地区发展成繁荣的酿酒中心。在科学进步的基础上，宋代的酿造者手工酿制了上百款新风格的黄酒，把中国的酿酒工艺发展至近乎成熟。杭州不远处的绍兴，成为中国的谷物酒胜地，地位可以媲美法国波尔多和美国加州纳帕谷这些顶级葡萄酒产区。

很多有关谷物酒酿造的最具指导性的著作都写于宋朝，尤其是朱翼中的《北山酒经》，它完整地论述了中国酒的历史，详细地说明了不同的酒和曲的生产方法，并着重分析了发酵。黄兴宗称《北山酒经》是关于中国酒类酿造最具意义的著作，因为这部著作表明，宋朝人明白了发酵与糖化作用的差别，并解释了低热灭菌法的过程，而西方在将近一千年后才"发明"了这种方法。

宋朝南迁一个半世纪后，没能逃过覆灭的命运，这次是因为北方的另一个侵略者——忽必烈的蒙古骑兵。蒙古人将都城迁至大都，也就是今天的北京，此后这里几乎一直都是中国的首都。那么，黄酒的命运呢？它再也没有回头，江南成为它永远的家乡。中国酿酒的地理中心自此永远转移到了南方。

中国的文人中心似乎也留在了南方。中国古典文学的"四大名著"——《三国演义》《红楼梦》《西游记》和《水浒传》——全部与江南有着密切的关系。后来明、清两朝的很多诗歌都是由啜饮黄酒的南方文人创作的。

伴随黄酒而来的是一种更加高雅的饮酒文化，正好对应了文人精英对饮酒的颂扬。尽管孔子极力劝人节制，但饮酒，甚至是大量饮酒，被赋予了一种文雅的意义。饮酒早已超出了新石器时代的原始目的，成为士绅的上流活动。

儒家和道家的观点也早已向对方靠拢：儒家学者开始倾向于纵情享乐，而道家文人也开始中庸起来，饮酒仍然是通向开悟的一条路径，但仅限于有资格的人。正如北宋武将刘词（891—955）在《混俗颐生录·饮酒消息第二》里写的那样："智者饮之则智，愚人饮之则愚。"

然而，危机也在酝酿之中，有一样东西和蒙古人一样，正在向宋朝突袭而来。一种全新的酒饮将会碾碎一切，烈焰一般地将整个酒饮体系燃烧殆尽——没错，我说的就是白酒。

第六章　烈焰之水

　　蒸馏烈酒像一种病毒般席卷中国，一种新的极端元素被注入了一个封闭的系统。起先，它被遏制，毫不起眼；后来，病毒适应了宿主，迅速扩散并开始变异。一次接一次，病毒不停地变异着，直到无法被识别——它变成了一种全新的东西。白酒不是东方的饮品，也不是西方的饮品，它是融合的产物。当七千余年的酿酒传统被技术的进步一脚踢上了快车道，白酒便诞生了。

　　发酵可以自然发生，条件仅仅是糖分和酵母——连猴子都能进行发酵，酒精饮品如雨后春笋般突然出现在了世界各个角落。而人类利用蒸馏才拥有了烈性酒，这一过程更具挑战，因此，让我们腹部暖热、头晕目眩的烈酒诞生距今仅一千年左右。洲际贸易发展许久之后，烈酒才终于问世——非常可能存在着某个原点，全世界所有的烈酒都由此喷涌而出。

　　制作烈酒的先决技术条件是一种名为蒸馏器的设备，工作原理是将其中的物质加热至沸腾并收集产生的蒸气。蒸馏器在古代世界有很多应用，例如制作香水、化妆品和药物。和古希腊人一样，中国人在几千年前便研究出了蒸馏器，但这两大文明都忽略了它最重要的作用：让你烂醉如泥。

酒精的沸点比水低，所以低度酒被逐渐加热后，最先汽化的大部分是酒精。蒸馏器将含有酒精的蒸气收集起来并将其通到一个低温容器，蒸气在其中冷凝成液体。这种液体便是我们所说的烈酒或蒸馏酒，其酒精度远高于被加热的酒液。

（挑剔的读者总会说，也可以使用冷冻蒸馏法：把低度酒液反复冻成冰，由于酒精的冰点远低于水，滤除冰块后便可以得到高酒精度的液体了。这话没错，而且中国西北新疆地区的古代居民确实用这种方法来制作冰酒。但在冰箱发明之前，这个方法很少使用，而且在酿造时很不实用，所以从来没有流行过。）

据说，波斯人贾比尔·伊本·哈扬（Jabir ibn Hayyan，712—815）在酒精蒸馏方法上取得了重要突破。他是伊斯兰黄金时代（8—14 世纪）的一位全才，涉猎哲学、科学和炼金术，今天被视为"现代化学之父"。他用近乎难以破解的符号记录下了自己的发现，英文里表示"胡言乱语"的单词 gibberish，就来源自贾比尔名字的拉丁文拼法 Geber。贾比尔还改进了希腊式蒸馏器，用来进行酒液蒸馏的实验。他相信，除了科学探索，酒精蒸气没有任何实际用途。

幸好，理智的人没有那么多，这项技术很快流传开来。同时代的阿拉伯诗人阿布·努瓦斯（Abu Nuwas）表达过喝下这种新酒的感受："如雨滴般清澈的酒液，在胸膛里燃起了烈焰。"阿拉伯神话里的精灵从瓶子里跳了出来，新的时代来临了。

另一位波斯全才穆罕默德·伊本·扎卡里亚勒-拉齐（Mohammed ibn Zakariya al-Razi，865—925）在贾比尔的基础上进一步研究，并造出了"al-koh'l"（阿拉伯语，意为女性用来涂黑眼睑的深色细粉）一词，来形容从蒸气里得到的烈酒，以此致意蒸馏器当时最大的用处——生产化妆品。al-koh'l进入英语后拼写为alcohol，意为酒精或通过蒸馏的方式得到的烈酒。

11世纪时，诺曼人的军队占领了被阿拉伯人控制的西西里岛，蒸馏法开始被基督教国家掌握。中世纪的欧洲炼金术士开始实验制作"生命之水"，它先是被用作药品，后来成为日常饮品。到了15世纪，欧洲人都在喝蒸馏酒或白兰地。中文里的"烧酒"一词原意就是用蒸馏法制得的烈酒。

对酒精蒸馏法最早的中文描述，出自15世纪医学家李时珍的《本草纲目》："烧酒非古法也，自元时始创，其法用浓酒和糟入甑，蒸令气上，用器承取滴露。"

直觉上看，烈酒很有可能是在蒙古人统治的元朝时期传入了中国。在巅峰时期，成吉思汗和他的子孙统治的地域约达到2400万平方千米，东起太平洋，西至中欧，人口占到了全世界的1/4。1271年，忽必烈建立了元朝，中华帝国的版图从未如此辽阔，迄今也再无超越者。在这短暂的历史刹那，勇敢的商人无须穿越国界就可以从巴格达直达北京。

进行过这种长途跋涉的最著名的欧洲人，就是来自威尼斯的商人马可·波罗，他的记述也是西方人对中国酒的首次评论："契丹省（中国）大部分居民饮用的酒，是用米加上各种香料和药材酿制的。这种饮料或称为酒，十分醇美芳香，甚至让他们认为，没有什么东西更能令人心满意足了。这种酒清澈明亮，甘醇爽口，温热之后，比任何酒类都更容易使人沉醉。"

马可·波罗描述的可能是常见的黄酒，因为黄酒可以加热后饮用。这里也存在着一种振奋人心的可能：他尝到了一种中国最古老的烈酒。从他的游记中，我们发现了烈酒进入中国其他可能的途径——丝绸之路和其他贸易路线。

中国古代的贸易路线大都在元朝之前就已存在，出人意料的是，甚至有记录表明，汉朝曾经接待过来自罗马皇帝马可·奥勒留（Marcus Aurelius，121—180）的特使，一些历史学家据此大胆推测，蒸馏法传入中国的时间远远早于元朝。宋朝学者写到过一种"蒸酒"，唐朝的很多记录都提到过名为"白酒"和"烧酒"的饮品，例如，唐朝诗人雍陶（789—873）这样写他在四川的经历："自到成都烧酒熟，不思身更入长安。"

有些中国酒学者，比如黄兴宗，也认定烈酒是中国人自己创造的，根据是一些道家炼丹师的道听途说和一件有两千年历史的汉朝蒸馏器具。这件蒸馏器具藏于上海博物馆，人们测试后发现，这件器具可以用来蒸馏酒精。不过，除了某处记载提到了一种酒的浓度，并没有任何证据能让我们相信，这件蒸馏器具曾被用来制酒——毕竟，在一个有很多蒸制食物的国度，这件器具很可能有着酿酒之外的其他用途。

稍微令人信服的证据到了宋朝才出现。大约980年，北宋高僧赞宁（919—1001）在《物类相感志》中提到："酒中火焰，以青布拂之自灭。"只有高酒精度的蒸馏酒才能被点燃。另外，宋朝的炼丹师早已开始使用蒸馏器制作花露，这说明蒸馏技术当时已被他们所熟知。

遗憾的是，在现存为数不少的宋朝造酒文献里提到的工艺中，没有一个符合蒸馏法的描述。具体可信的证据最先出现于 1330 年，元朝宫廷的饮膳太医忽思慧提到一种名为"阿剌吉"的酒："味甘、辣，大热，有大毒。主消冷坚积，去寒气。用好酒蒸熬，取露成阿剌吉。"

蒙古骑兵征服中东后不久，烈酒就传入了中国，不过这种烈酒与今天的白酒几乎没有相似之处。蒙古人所喝的阿剌吉也许音译自阿拉伯语"arak"或突厥语"raki"（亦可拼作"ariki"），这两个词指的是茴香烈酒。蒙古人是出了名的豪饮民族，传统上，他们饮用由马奶发酵制成的马奶酒。随着疆域的扩大，他们的酒量也越来越大。

佛兰芒传教士鲁不鲁乞（William of Rubruck）在 13 世纪中叶游历至蒙古帝国。在金帐汗国拔都可汗的兵营里，鲁不鲁乞注意到了两种酒饮："他们在冬季饮用一种美味的酒，是用稻米、黍和蜂蜜酿造的，这种酒和葡萄酒一样清澈，他们会带上这种酒前往遥远的地方。在夏季时，他们只喝马奶酒。"在蒙哥大汗位于哈拉和林的宫廷，鲁不鲁乞发现了四种酒，而且上酒的方式可谓别出心裁："巴黎主教为大汗铸造了一棵银质的大树，根部有四头银狮，每头银狮嘴里有一根管子，流出白色的马奶。有四根管子通至树顶后向下弯曲，每根管子上都有一条镀金的蛇，蛇尾缠在树干上。第一根管子流出的是米酒，第二根是高级马奶酒，第三根是一种蜂蜜酒，第四根是一种用稻米酿造的淡啤酒。"

鲁不鲁乞对蒙古人的米酒赞不绝口，并提到这种酒很可能源自中原："我看不出这种酒和法国欧塞尔最好的葡萄酒有什么分别，只是它没有葡萄酒芬芳的香气。"不过，他没有提到任何一种蒸馏烈酒。

蒙古人喝的烈酒可能是蒸馏的马奶酒，或者更直白地说，是一种马奶浓汁。我曾经尝过一款蒙古乳制白酒，它比我预想的味道好很多，但很难算是标准意义上的现代白酒。这种乳制白酒尝起来更像是加味白兰地或是蒸馏工艺酿造的粗糙的米酒。

尽管烈酒很可能是作为一种外来饮品进入中国的，但经过经验丰富的中国匠人之手，它很快完全入乡随俗了。到 13 世纪时，中国已经拥有了成熟先进的造酒业，不同产区的酒风格鲜明独特，生产工艺与同时代的欧洲及中东均完全不同。酿造者很快就将蒸馏器纳入了酒类的生产环节，创造了中国最初的烈酒，这种酒很可能与蒸馏过的黄酒差别不大。

从古至今，白酒与西方烈酒的区别主要是两点：原料和生产方法。这里的原料不仅仅是用于引导发酵的曲，我指的还有酿造白酒的原材料。与中国早期的酒类不同，酿造白酒的谷类是高粱，一种原产于非洲的高秆抗旱作物。几千年前，高粱可能经由四川进入中国，但真正广为种植是在蒸馏法普及以后。第一个提及高粱的确凿证据来自元代农学家王祯的《农书》："其子作米可食，余及牛马；又可济荒……无可弃者。"

中国人还想出了一种名为固态蒸馏的新方法。与威士忌或杜松子酒这些由液态蒸馏制得的烈酒不同，白酒是直接由固态的发酵谷物蒸馏而来的。进行固态蒸馏的器具看上去像是一个巨型的点心蒸笼。它的底部带有凹槽，槽内放入已发酵的谷物，然后将它放到煮着沸水的大锅上。一旦谷物被加热至酒精的沸点，酒精便会以蒸气形式从谷物固体中溢出，蒸气遇冷凝结为液体，经由二次蒸发后再次成为蒸气上升至蒸馏器顶部。最终，蒸气再次冷凝，液体被冷凝器收集起来，冷却后就是高浓度的原酒。这一过程制得的酒液可以保留谷物自身的大部分特点，有着浓郁的风味。

这一设计源自中国的厨具。到宋朝，人们早已开始使用一种竹质蒸笼：使用时，将其放在一口煮着沸水的大锅上，在蒸笼顶部放置一口装有冷水的铁锅，这样当蒸气遇到冷水锅的底部时便会冷凝。这种装置后来有两种变体，一种是将冷水锅底部的水滴收集到置于铁锅下方的碗内（蒙古式蒸馏器），另一种是通过漏斗将冷水锅底的液体转移至蒸馏器外的容器内（中国式蒸馏器）。

法国耶稣会传教士古伯察（Évariste Huc，1813—1860）在19世纪中叶时成为第一个描述中国酒生产酿造方法的西方人。他说，中国烈酒最先是在东部沿海的山东被"发明"出来的。一个农民不想浪费早已发霉而无法食用的谷物，便对谷物进行蒸馏，得到了酒液。通过这种偶然的方法，他无意间创造了白酒。

大曲，这种以小麦和大麦批量生产的曲砖，如今大规模用于发酵生产白酒。大曲最先出现于与山东交界的江苏或河南，而上千千米外、位于长江上游的四川，也宣传自己是大曲的发源地。

总之，到明朝（1368—1644）初年，中国就有了一种近似现代白酒的酒饮，不过直到20世纪，"白酒"的叫法才真正流行起来。广西、陕西、四川等地一些始建于明初的烧酒厂，今天仍在生产。

在中国最后两个帝制朝代——明朝和清朝，随着国内粮食收成和谷物烈酒的产量不断增长，复杂精密的官僚机构让白酒迅猛传播至帝国的其他地方。

和曾大行其道的黄酒一样，不同地区的匠人酿造出了极具地域特色的白酒。他们使用不同的谷物，想出各种巧妙的发酵方案。在北方，人们在盖着木条板的石缸里发酵谷物；西南部的酿酒人则把大型的地下土窖或砖窖作为发酵场所。在大部分地区，人们用高粱酿造白酒，但也会实验用稻米、小麦、玉米、小米和其他淀粉类作物来酿造烈酒。不同的风格混杂、融合，构成了新的风格。几乎每个村镇都有自己的白酒，如果你随便问哪个当地人，他都会告诉你，当地的白酒是中国最好的酒。

然而，外族的入侵即将再次来临。中国帝制时代晚期，虽然整体上繁荣的社会开始缓慢衰落，毫无生气，但还算是个稳定时代。到了 18 世纪末，长着红脸蛋和金色头发的野蛮的外邦人开始出现在了中国的家门口，他们要求贸易让步，并以武力威逼。这些"洋鬼子"对中国本地烈酒十分惊恐，完全没有意识到，烈酒只是比他们早跋涉几个世纪到达了东方。但谁能责怪他们呢？毕竟白酒早已褪去了它异域风格的外衣。

早期的白酒很粗糙，不适合心脏虚弱的人饮用。在工业时代之前，蒸馏器因为技术所限，无法滤除所有能产生异味的杂质。咽下后，白酒强烈刺激着喉咙，激得人两眼流泪。酒厂试图用肉桂或人参这样的植物来掩盖这种瑕疵，但并没有任何改观。19 世纪时，北京的酒铺售卖的劣质白酒就因用砒霜澄清酒液和添加鸽屎而臭名远播。

关键是，那时的白酒非常烈。明朝小说《水浒传》就是在白酒出现的年代诞生的，其中有一个"武松打虎"的故事，很能说明当时白酒的力道。

故事里，武松是个草莽英雄，生性爱饮酒。他在一怒之下将一人打得晕死过去，之后远离家乡。武松在逃亡路上总是酩酊大醉，经常斗狠打人。当他得知当初被他打的人没死，便决定回到家乡。

回乡的路上，武松来到一家酒馆。酒馆门口挂着一个牌子，上面写着"三碗不过冈"。他走了进去，点了酒和满满一碟熟牛肉。喝了三碗酒后，武松还要店家继续添酒。

"酒不能再添了，"店小二回答，"客官没看到外面的牌子写了什么吗？三碗不过冈。"

"我喝了三碗，但还没醉。"武松说。

店小二似乎觉察到武松不好惹，于是又给他添了一碗酒。武松连喝了十八碗，把酒馆的酒都喝光了。他刚要起身离开，酒馆老板挡住了他的去路，说："你可不能过冈子。冈上有头老虎，夜里出来伤人，已经要了二三十条性命。"

武松可不是傻瓜，他知道这是店家耍的把戏，想要惊吓客人在此留宿。

"真的有虎！"酒馆老板坚称，"要是你不信我，看看这官司榜文。"

武松将他推到一旁："你莫想从我这里骗走一分钱。"随后踉踉跄跄地向山上走去。走着走着，他看到一个告示，上面警告说山里有虎伤人。武松接着前行，没一会儿又见到了同样内容的警示文告。这时，他才相信真的有虎，但天色已晚，难以返回。

太阳下山后，一头野兽从武松上方朝他扑来。武松躲到一边，抢起了哨棒朝老虎挥去，却打到了枯树上，哨棒被折成两截。老虎再次扑来，武松再次躲开了它的利爪。他顺势抓住了老虎的后脖颈，一把将其脸朝下按到地上，然后空出一只手用尽力气捶打老虎的脑袋。打到七十拳时，老虎已经动弹不得了。

这个故事告诉我们：三杯酒下肚，让你走不动路；喝下十八杯，却可以徒手揍死一头老虎——这就是白酒的力量。

武松打虎的故事展现了中国酒文化的一个方面，这也将成为白酒不朽遗产的核心：男子汉气概。徒手掰开一瓶白酒，这一行为就充满了展示雄性力量的意味。令人惋惜的是，饮酒被当成争强斗狠的比拼中很重要的组成部分，这种比拼塑造了中国男性间的关系，男性要努力地证明自己的酒量比其他人更大。世界其他地方也大抵如此，只不过展现这种冲动的道具是伏特加或啤酒。

"三碗不过冈"这种招牌在中国古代并不少见，这既是一种挑战，也是一种怂恿。泸州的白酒历史学者杨辰解释说："在中国古代，你要想宣传酒的品质，那就要夸口酒的烈性。那个时候，酒的力道就决定了酒的品质，越烈越好！"

如果力道代表一切，那么在中国的酒桌上白酒一定最受欢迎。最浓烈的黄酒，酒精度也只有 15% 左右。酒精度最低的白酒，其度数也要接近 40%，市面上销售的白酒的度数大都超过了 50%。有了烈性白酒，陷入深度沉醉变得轻而易举，人更容易摆脱拘束、纵情恣肆，催生了道家式的饮酒、作文，诞生了无尽的酒诗佳句。

然而，白酒并非诗人的饮品，因为它太过粗俗——廉价、粗糙，而且容易醉人。中国文人精英继续用文笔赞颂着黄酒，偏爱其细腻的味道，鄙视烈焰之水那灼人的口感。中国帝制时代后期问世了几部有关君子饮酒和饮酒礼节的书，例如袁宏道在《觞政》中列述了自己饮酒伙伴的粗俗与不雅。这部作品不仅追溯了酒的历史，还说明了饮酒游戏的规则，并给出了在喝酒时聊天的话题建议。清末，中国的上层阶级终于开始对烈酒表现出兴趣，但他们真正倾心的是法国白兰地。

中国农民没有这般虚荣做作。他们是用双手干活的劳动者，除了自酿的黄酒，昂贵的酒让他们无法负担。细腻无法打动他们。

中国人口众多，自古以来饱受饥荒之苦，因此，乡村地区的饮食烹饪都要适应匮乏和贫苦的生活条件，中国饮食很大程度上依赖腌制和使用可以长期保存的发酵调味剂来增加食物的香味，尽可能地不浪费每一种营养来源。

人们对于花出去的钱都想要得到更多的回报，而白酒在这一点上很有优势：它能烈得放倒一头公牛，还可以用任何淀粉作物便宜制得。酒厂无所谓用的是腐坏的谷物还是高粱，在白酒出现之前，这些材料都被中国饮食烹饪无视。更厉害的是，发酵后的谷物可以进行多次蒸馏，最后的废渣可以拿去喂猪。所以说，白酒让每一分酒钱都物有所值，还是一种让你在一天劳累工作后淡忘疲惫和痛苦的浓烈饮品。

"高度酒能够刺激你的味蕾，让你更舒服，大家就想要这个，"历史学者杨辰解释说，"它让你的感官变得迟钝，普通劳动者想要这种感觉。"

因为白酒，普通中国人总算有了属于自己的酒饮。

第七章　一颗红星

位于前门的源升号粮铺是家族经营的生意。它位于北京的一条窄缝之中，这条窄缝分隔开统治者满人居住的内城与汉人居住的外城。尘土飞扬的巷子在这里纵横交错，曾经是蒙古人居住的巷子里，现在满是沿街叫卖的贩子和骡车。道路是南北向的，12米高的明朝城墙和箭楼高耸于街景之上。每天都会有长长的驼队穿过城墙的大门。

早在康熙皇帝在位的1680年，经营源升号的赵家遇到了生意上的困难。他们的粮食多到不知该如何是好，绝望之中改行酿酒，三兄弟中的老二赵存礼偶然间做出了一个伟大的酿酒技术创新。

那个时候，中国的蒸馏器还是最初那种两口锅架在一起的形式，大体上，是一口装有已发酵谷物的大锅和一口装着冷水的平底锅。酒精蒸气上升后碰到冷水锅的金属锅底，遇冷凝结成白酒，流入漏斗。平底锅里的水变热后，会被倒掉，锅里重新注入冷水。赵存礼发现，第二次注入冷水后得到的酒液质量最佳。这就是"二锅头"的起源。

任何称职的酿酒人都会告诉你，蒸馏温度过高或过低，都会令酒液的品质发生变化。第一次和最后一次放入冷水冷却后流出的酒液，分别叫作"酒头"和"酒尾"，其中含有大量的杂质和毒素，人们只取第二次注入冷水后冷却的酒液，也就是"酒心"——这便是赵存礼的发现。因为这一创新，赵家兄弟的白酒立刻名满京城，无数的同行也竞相模仿起他们的做法。很快，这种醇厚浓烈的高粱烈酒成为北京人的最爱，因为其高到令人咋舌的 68% 的酒精度，这种酒被饮者亲切地称为"烧刀子"。

那时的北京是一座热爱饮酒的城市。京城的大多数成年男性每天要喝掉将近 2 两的白酒，白酒是他们吃饭时不可缺少的伴侣。虽然体力劳动者消耗了不少白酒，但白酒的主要消费群体是文人学士。他们到北京是为了谋取一官半职，但常常陷入为一个官职的空缺等上几个月甚至几年的境地。多半是出于无聊，他们成了前门附近涌现的戏院和妓院的常客。这些人在城内的饮酒场所畅饮，包括酒馆、酒楼，或是更加随意的酒铺，想少花点钱便能喝到酒的人可以走出城墙，那里有名为酒店的小酒馆，供应无须交税的酒饮。

在城内，虽然酒被课以重税，但这一政策执行时非常敷衍。一直有走私者持续在城东的酒厂和售卖白酒的市场之间往返。19 世纪下半叶居住于北京的英国医生德贞（John Dudgeon, 1837—1901）如此描述整个过程："走私犯可能是男性也可能是女性，他们穿着宽松的衣服和长长的袍子。衣袍之下，在腰上系着五六个猪膀胱，可以藏 120 斤白酒。走私犯故意在肩上背几个装着酒的猪膀胱，这样做是为了对付小气的官员，他们可以只为肩上背的酒付一小笔税金。这些走私犯一天能来回三四趟。"

狡猾的白酒商人省掉的不仅仅是税。据说，他们经常向酒中掺水或其他东西。北京一个酒商用缺斤短两的手法蒙骗了清朝高官张之洞（1837—1909）的手下，结果他的店被砸得稀烂。实务派的张之洞因此下令，北京的白酒商家卖酒时必须使用官方认可的标准容器。

到了 20 世纪，北京的白酒产业的规模占到了全国的一半。1949 年，新中国北京市的第一家国营酿酒厂是由多家酒厂迅速合并成立的企业——"红星二锅头"的前身。

这家企业是由 12 家原来的私有酒厂合并成立的，其中包括二锅头的创始店家源升号。政府要求其研制一款庆祝胜利的白酒，工人开着美国产的汽车把近 500 吨的谷物送进了北京。酿酒大师王秋芳把二锅头从 68% 的标准酒精度降到了让人更能接受的 65%。酒被灌装进棕色的啤酒瓶中，酒帽上印有一颗红星，开瓶后，酒帽可以拿来当酒杯使用。商标的设计出自一个日本人之手，他在第二次世界大战期间来到中国。他的设计大体上被保留到了现在。

19 世纪中叶时，中国的帝制统治早已风雨飘摇，危机四伏。英国鸦片商以自由贸易之名用枪口威逼中国打开国门。正如伦敦《泰晤士报》驻北京记者在 1870 年时评论的那样："他们嘴上叫喊着要中国开放国门，'进步'是他们的格言，战争才是他们的目的。"其他欧洲列强和美国也很快仿效，然后俄国和日本也来了。渐渐地，中国的一些港口事实上受外国控制，成为不听命于任何中国官员的领土。

与此同时，中国的内部民怨沸腾，人民痛恨外国侵略者，也恼怒于清朝的统治，认为他们都是一路货色。随之而来的是一连串起义——捻军、义和团等，其中对清政府最有威胁性的是太平天国运动。太平天国的领导人是个宗教主义者，他声称自己是耶稣的弟弟。这一运动持续了十多年，无数人在此期间丧命。

无论是中国人还是外国人，当时的每个人都认为，中国已经越来越衰弱。这个若干世纪前曾让马可·波罗感叹先进到难以置信的国度，早已落后于时代了。一部分主张改革的清朝官员开始了雄心勃勃的"洋务运动"，他们把目光转向西方，寻求军事、工业和教育现代化的启示——然而已经太晚，做什么都没用了。[1]1912 年，清朝统治在声势浩大的反对浪潮下结束了帝制，取而代之的是同样以失败收场的国民政府。

中国人仍然怀有现代化的梦想。在革命人士、中华民国临时大总统孙中山的推动下，国民党企图重振中国的文化和商业，要向世界表明中国还会再次强大。对一些人来说，这意味着要创造能与上海沿街铺面的外国商品竞争的民族品牌；另外一些人认为，需要使用最先进的技术创新来发展全新的产业。

有"东方洛克菲勒"之称的张弼士（1841—1916），投入白银300 万两（以今日的价值计算，超过了 7500 万美元）建立了中国第一家现代化葡萄酒厂——张裕酒厂。1915 年，张弼士作为中国经贸代表团的一员前往旧金山参加那一年的世界博览会——巴拿马太平洋万国博览会。

对于诞生不久的中华民国政府来说，这是一个重要时刻。能参加这样一个国际性展会，意味着中国将与其他大国平起平坐。当时

1　洋务运动的失败有更深层的原因。——编者注

的中国政府迫切需要任何形式的国际承认，这将使它获得执政的合法性。中国馆的建设花费了 150 万美元，这一数目远超其他国家的花费。在博览会的竞赛环节，张裕的白兰地、红葡萄酒、苦艾酒和雷司令白葡萄酒都斩获了金质奖章。第二年张弼士离世时，留下了8 个妻子、14 名子女，以及一个对他充满感激的国家。

在那一年的旧金山世博会上，还有其他值得关注的参赛者。来自中国各地的白酒厂展示出了它们的产品，获得了多项银奖和金奖，3 款白酒甚至夺得了令人艳羡的大奖章，其中之一是中国山西省杏花村生产的汾酒。

很可能是因为这一成功，一些中国投资者在 1919 年建立了晋裕汾酒有限公司。这家企业是中国最早的现代化白酒厂之一，采用了最先进的工业设备和生产工艺。在那之前，像汾酒这样具有地域特色的白酒一直被作为家族秘密受到严密保护，依靠代际进行传承。现在，白酒终于可以大规模生产了，尽管山西缺乏外销的基础设施，但到 1932 年，晋裕的年产量达到了 40 吨，相当于 8 万瓶白酒。

不过，白酒的第一次工业化尝试来得真不是时候。1915 年，袁世凯称帝，许多省份纷纷宣布独立，造成了军阀割据的局面。中国分裂的情形一直持续到 1928 年的再次统一。不久后，日本侵华。日本战败后，内战开始。现代化的宏大计划在此期间被完全搁置。

1949 年后，中国自上而下地建立了白酒产业。全国各地只要是以白酒闻名的村镇，当地的造酒作坊都在政府主导下合并成大型的国营酒厂。如今大多数的重要白酒企业都是在这次整合中诞生的，如红星二锅头，以及后来的杏花村汾酒厂（它是晋裕和其他酒厂合并而来的）。1949 年，在第一届中国人民政治协商会议上，与会代表喝的就是汾酒。

现代酒厂的建设使白酒的质量和精细程度都得到了提升。以四川东南部的泸州老窖酒厂为例，就是这家酒厂的产品让我第一次迷上了白酒。1951 年，几十家小酒厂合并，其中包括一批中国酿造历史最久的酒坊，诞生了泸州老窖。五年后，政府派遣研究人员前往泸州，研究那里的酿酒工艺，并将研究成果于 1959 年出版为专业酿造书籍——《泸州老窖大曲酒》。

自白酒酿造技艺诞生，五个世纪以来，这是第一次有人试图将这项代际口口相传的精深技艺整理成典。更出人意料的是，这项成果是在没有任何一张明清时期传统中式蒸馏器的草图的前提下达成的。就这样，其他省份的白酒厂也学到了泸州的工艺，并在此基础上进行改进。这种形式的交流开始在全中国范围内开展起来，目的是明确白酒的定义和提升白酒的质量。

在过去，白酒是普通人的饮品，被青睐黄酒的精英阶层所不齿，但得到了劳工大众的热烈追捧。它的崛起经历了漫长的等待，得益于历史的偶然。随着中国白酒酿造技术越来越精湛，白酒的大规模生产能力超过了黄酒。黄酒在中国个别地区依然风靡，但在这些地区之外已难寻踪影。尽管取得了极大的成功，但白酒从未否认自己低微的出身——农民的酒。

第三部分

千杯之旅

Part 3

客人没喝醉是主人的耻辱。

——中国传统俗语

Drunk *in* China

第八章　宾宴之选

人生灵药

-

调酒师：保罗·马修（Paul Mathew）

英国伦敦，The Hide 酒吧

-

浓香型白酒和酱香型白酒各约 40 毫升，浸有可可豆碎的甜型苦艾酒、加利安奴（Galliano）香草甜酒和阿佩罗（Aperol）开胃酒各约 30 毫升，核桃苦酒约 1/5 茶匙，加冰充分混合，过滤后倒入酒杯，用橙皮装饰。

1972 年，中华人民共和国恢复了同美国的接触，美国总统尼克松将访问中国并参加宴会。身为先遣组成员的美国国家安全事务副助理亚历山大·黑格（Alexander Haig）在从北京发回华盛顿的电报中警告："在任何情况下，总统回应宴会敬酒时，都不能喝酒杯里的东西。"

黑格忧虑的不是礼仪。白宫明白敬酒在中国餐桌礼仪中的地位，知道拒绝回应他人敬酒是对主人的极大冒犯，问题是白酒，这种可怕的中国烈酒，会彻底放倒好饮但不善饮的尼克松。

全世界都注视着。与"空军一号"一同来到北京的，是两架载着 87 名美国纸媒和电视媒体人员的波音 707 客机。这两架飞机分别被命名为"你好 1 号"和"你好 2 号"。为获得梦寐以求的随行记者资格,记者们可谓挤破了头,大牌记者们动用各种手段,力保自己成为同时代媒体人中最先穿越长城的一批人之一。尼克松厌恶《纽约时报》,屡次将这家报纸的几个记者的名字从资格名单中画去,但每次又不得不允许属下把名字加回去。"感觉就像要上月球。"美国电视新闻记者芭芭拉·沃尔特斯后来在纪录片《解析中国:改变世界的一周》中这样回忆。

人民大会堂准备了一场盛大的欢迎宴会,每张餐桌上都放了几瓶茅台酒。从 20 世纪 50 年代以来,每一场国宴上都可以见到茅台酒:金日成喝过,查理·卓别林也喝过。因为被用来招待贵宾,茅台成了人们宴请时最偏爱的白酒,获得了"国酒"的民间美誉。

"就是在茅台酒的助推之下,大会堂里的气氛热烈高涨,甚至迸出了电火花。"当时的美国国家安全顾问约翰·霍尔德里奇后来回忆说——他过后才知道,那天晚上与自己饮酒的人,正是中国的水利电力部部长。不过,知名电视新闻主播沃尔特·克朗凯特(Walter Cronkite)使用筷子时出了差错,一颗橄榄直接飞了出去,恐怕也要部分归咎于茅台酒。但不是每个人都喜欢这种令人兴奋的酒,记者丹·拉瑟把它比作"液体刀片"。

致祝酒词时,周恩来走上台,通过翻译向众人说道:"……最后,我建议:为尼克松总统和夫人的健康,为其他美国客人们的健康,为在座的所有朋友和同志们的健康,为中美两国之间的友谊,干杯!"[1] 他一脸威严地走下台,手里拿着一杯茅台,走到尼克松的

---

1 引自 1972 年 2 月 22 日《人民日报》。——译者注

桌边。他们看着对方的眼睛，微笑地碰了杯，然后把酒喝了下去。

无论尼克松是否喝干了杯里的酒（仔细观看影像资料后可以发现，他只是抿了一口，不是一饮而尽）都无关紧要，但他无视了黑格的警告，这具有决定性的意义。

这一场景的图像迅速传遍世界各地，被全世界目睹的这一杯酒改变了一切。这是现代历史上最具深远意义的一次干杯。亨利·基辛格（Henry Kissinger）后来回忆说："我觉得，如果茅台酒喝得足够多，我们能解决一切问题。"

时光快进四十年：一辆面包车在与世隔绝的盘山路上驶过重重雾气。贵州是中国脱贫攻坚工作重点省份之一，看看这里的基础设施就能明白。我们的司机刚刚绕过临时路障，进入一条泥泞的坡道，抄近道来到一段未完工的蜿蜒山路。我们沿着一条条土路前进，路过一段段仅由钢筋连接、未铺砌的高速路桥，穿过多条没有照明的隧道，经过种植着水稻的梯田和盖着瓦房的村庄。一路始终伴我们左右的，是雨和雾。

每年都会有疾驰的客车跌下贵州山区峭壁的新闻报道。如果不幸降临，我知道有关我们的那则新闻会怎么写："车里无人生还。"我们的车猛冲过一座被雨水冲刷的桥梁时，我努力不去想这件事。那座桥下方是云雾缭绕的峡谷，谁也不知道云雾之下的山谷有多深。

原本计划四小时的车程延长到了七小时。距离茅台镇越来越近，我们身边也显现出越来越多的"不祥之兆"：一只直径约六米、翻倒的酒壶，握着白酒杯、从崖壁上伸出的巨手，各种古代酒器。就差用鸡血写着《神曲》里地狱门口的那句话了："凡入此地者，永世无希望。"

不算司机，车上总共有九个人：三名法国人、两名泰国人、两名中国人、一名奥地利人和我（美国人）。法国人和中国人是主办方——法国卡慕干邑（Camus Cognac）的代表，这家公司是贵州茅台的国际免税分销合作伙伴；那个奥地利人是世界烈酒大赛的创办人，贵州茅台不久前在这项比赛中得到了 95.7/100 的高分，获得了自 1915 年以来的第一块金质奖章；两名泰国人是分销商。然而，我前来的理由似乎不太充分。

得坦白：我是连哄带骗才加入进来的。我先是通过《华尔街日报》的一位朋友与茅台取得联系，自己与茅台接触时大肆渲染了这层关系。说真的，我并没有说谎，从来没说自己是《华尔街日报》的员工，但我清楚自己在做什么——我要去贵州喝酒了，而且喝的是天价酒。

贵州茅台是中国最广为人知的白酒。富豪和精英人士的厚爱更是助推了它的声誉，我到访的时候，茅台已经是中国市值最高的品牌了。旗舰产品"飞天"在 20 世纪 80 年代每瓶售价仅为 1 美元左右，到我去的时候价格已经超过了 300 美元。差不多就在那段时期，这家公司的股价超过了苹果公司。

据说，中国第一次国共内战期间，毛泽东领导的红军在长征时四渡赤水，耍得国民党军队团团转。其间红军曾用镇上的白酒消毒伤口。1951 年，政府将三家知名的茅台酒厂合并为贵州茅台酒厂。（其中的两家酒厂——"荣和"与"恒兴"，后来改制为私营企业。这两家企业都曾起诉贵州茅台借用其祖先的名誉来牟利，但都没有胜诉。) 长征取得胜利也有茅台酒的一点功劳, 这种白酒因此获得了显赫的地位。

茅台镇倚靠着一面山崖, 被群山和赤水河环抱。这里的一切都与白酒相关——生产、销售和消费。根据中国英文媒体《第六声》的报道, 茅台镇的合法酒厂有 200 多家, 但不受监管的地下酒厂超过了 1000 家。整座镇子都被包裹在重重雾气之中, 空气中弥漫着高粱发酵的刺鼻的甜酸气味。无论是在室内还是在室外, 那味道都让人窒息。

我们的面包车逐渐减速, 最后停在了一座金色雕塑前。雕塑的内容是两个胸部高高隆起的、倒立的飞天, 两座飞天雕塑组成一个环形, 共同用手托起一只大酒杯。这里是茅园宾馆, 贵州茅台酒厂投资的商务酒店。

我们在晚餐时间再度集合。几个穿着红色丝绸礼服的女招待负责领着宾客落座, 大部分人被领到宽敞的宴会厅, 而重要的客人, 比如我们, 被带到一间华丽的包厢。我们那桌的上首坐着当时贵州茅台公司的总经理。旋转餐桌上放着眼花缭乱的饭菜, 各式各样的贵州美食多到数不清。我们的酒杯中盛着气味浓烈的白酒。那气味有些神秘, 带有泥土气息, 如同有人在一座深埋的洞室里不小心打翻了一瓶酱油。

总经理举起酒杯, 所有人都站了起来。"尊敬的来宾和外国友人……欢迎来贵州……祝大家万事如意。"然后大家同声大喊"干杯"。

哇哦。这味道可真疯狂:发酵的豆子, 野蘑菇, 苦味草药, 烤坚果——这些味道持续不断地向你涌来。我完全入了迷, 就像是被鲜味小妖精狠狠打了一拳。我爱上这感觉了。

现在，宴会正式开始。这一天的前半段像阿加莎·克里斯蒂小说里的情节，现在则带上了一抹霍布斯式色彩：没有人屈服，所有人都奋力挣扎着"活命"。就餐的中国人一个跟着一个，游走在餐桌之间，每次敬酒都一口喝干，让每位客人别无选择。我很快就连着喝了好几杯酒。茅台公司的人和官员轮流向我敬酒，还没到一小时，我已经喝了 10~15 杯白酒了。

"每次有人对你敬酒，你都得记下来，在宴会结束之前必须回敬。"卡慕干邑的法国人皮埃尔告诉我。这样的话，15 杯就翻倍成了 30 杯。

总算到了休战期，我看了看大家的"战损情况"，每个人都醉醺醺的。这时，一群衣着粗糙的年轻女性缓缓走进包间。"怎么了？"我问皮埃尔。

"我们叫她们'毁灭天使'。"他低声回答。

就我所知，"毁灭天使"的职责，就是让所有挣扎着的未醉之人统统醉死在酒盆里。她们到来之前，我们一直用指套大小的酒杯互相敬酒，这些"毁灭天使"将直接用饭碗来对付我们。作为其中最不起眼的人，我有幸避开了这些危险女人的主要火力。然而，对于那位滚胖的奥地利爱酒人士沃尔弗拉姆，我实在爱莫能助。他快速地一连喝了好几碗白酒，他们之间的交锋变得激烈又热闹。

这些狂饮无忌的彪悍女人是谁？她们是茅台飞天的人形化身，还是研得了此种暗黑技艺的服务员？我也说不清，得赶紧弄清楚才行。

宴会结束后，我跟着她们来到大厅，询问起她们的工作。大部分女性只是傻笑，假装听不懂我的问题，一个声音嘶哑的 30 来岁女人站了出来，她留着及肩的长发，穿着黑白横条纹的衣服。"你想知道什么？"她问。

"你们要几天喝一次白酒？"

"每天。"她回答，似乎答案显而易见。

"喝多少？"

"一斤。"

"不对，"另一位"天使"打断她，"是整整两斤！"

令人钦佩。我不知道自己是否该相信她的话，于是接着问："你怎么找到这份工作的？"

"这里是我的家乡啊。"

这时，宴会厅里的人喧闹着走了出来，颈前的领带已经纷纷松开，他们彼此搀扶着来保持平衡。

"但为了钱喝酒太不寻常了。"我换了一种问法。

"为了钱？"

她脑袋朝后顿了一下，似乎不确定是否听懂了我的话。我问她这是不是她的工作，她又一字一字地把问句重复了一遍。我们在兜圈子。我问她是怎样找到这份工作的，她回答自己大学毕业后应聘得到了这个职位。然后，轻微停顿后，她又重复了刚刚的回答："这里是我的家乡啊。"

我解释自己真正想知道的是她们怎么得知自己的酒量这么大。之前进行过测试吗？

"我得自己告诉他们能喝多少，从来没有什么测试。完全取决于我们的说法、我们的样子，还有我们的酒量，"她说，"我被录用了。我喜欢这工作。"她又停顿了一下，"我们有十个人。"

"十个女孩？"

"Yeah, yeah, yeah.（是的，是的，是的。）"她们用英语肯定地回答。

我们交换了名片，热情地道了别。一辆巴士早已停在宾馆门前，准备接走喝醉的人。

"这种工作能干多久？十年？十五年？你每天要花多少时间喝酒？"

"一直干下去！"

我笑了起来。

"我一辈子都要喝酒。喝酒能让人更美丽、健康、开放，可以提升你的行为举止。"另外一个女孩拽了拽她的袖子，她不再和我说话。保留一些神秘也挺好。

一切都结束了。由"毁灭天使"组成的"茅台战队"退回了雾气之中，就像从未出现过一样。

那么，一款白酒的优秀具体体现在哪里呢？是什么决定了买一瓶红星二锅头只需花一点儿零钱，而买一瓶茅台却需要花一大笔？这似乎是个基本甚至必要的问题，但我问过的人给出的答案都不相同。

"很简单，"离开成都前，四川朋友格蕾丝对我说，"如果你很有钱，就喝贵的酒——茅台啊，五粮液啊，类似这种。如果你钱不多，就喝便宜的酒。"中国人有时候可以直白得令人发狂。当然，她说得没错，但我想要的是某种更为本质的原因。

还有一些朋友是白酒老手，他们的意见是，过后的感受比入口的感觉更为重要。即使是便宜的白酒，你也能买到一些味道不错的，而且喝起来你很可能还挺享受。但问题是第二天早上醒来，你就觉得自己像是一条被扔在路边的死鱼。

在我看来，这种酒越便宜越容易醉人的观点根本毫无道理。我一直觉得，造成宿醉的原因是你喝的酒量，而不是一款酒的具体特性。如果饮酒过量，身体会脱水，如果在第二天早上之前没有补充足够的水，你就会感觉自己像死了一样。假如摄入的酒精超过了某个量，就完全没有救活的可能了。你要是够聪明，就能明白这与酒的品牌没有关系，有很多例子可以证明这一点。

长期以来贵州茅台一直宣称喝他们的酒不会造成宿醉。茅台酒厂的厂长曾经对一个电台主持人说，他们生产的白酒不仅不会损害肝脏，反而对肝脏有益。"尽管酒精对健康有害，但我敢说茅台有益于身体健康。"他这样说。

已经离任的茅台集团董事长季克良是一位身材矮小的可爱老人，几年之后我有机会与他饮酒碰杯。他在接受彭博社采访时说得更进一步，他喝茅台的时间四十多年，保守估计喝掉的酒也有两吨，但他身体仍然很健康。"喝茅台不会让人头痛或是口渴，"季克良说，"它不上头，休息一会儿就能很快恢复。"年近八旬的他仍然出席宴会并喝酒，这一事实也许是最有说服力的证据。

那天夜里，我在宴会之后又喝了十几杯啤酒才回到房间，开始仔细琢磨起他们的话。房间里没有小冰箱，连一瓶饮用水都没有，只有一台小型桶装饮水机，里面半满的液体喝起来有股铅的味道。关键来了：现在亟须补充水分的我没有水可喝。

疯狂的事情发生了：第二天醒来时，我感觉好极了，没有头痛，没有恶心，没有感到一丝疲惫。早餐时，宾馆仅有两种饮品可选择：热牛奶或热豆浆。这时，我真觉得他们是故意用这个令人恼火的问题反复折磨你。

其余的人似乎也都精力充沛，连昨晚承受了最强火力的沃尔弗拉姆看起来也处于最佳状态。说不定贵州茅台真有什么不凡之处。

在那天上午之前，我从没参观过中国国营白酒厂，能近距离仔细观察真的太让人激动了。在欧美的啤酒厂与蒸馏酒厂，通常只有几个工人负责看管若干间干净整洁的车间，车间里有各种大桶、金属管道和监视设备，与我在堪萨斯读书时参加校外考察参观的奶牛牧场没多大差别。相比之下，茅台酒厂就像是为备战而紧张运转的军需工厂。

装瓶工厂是一座低矮的建筑，从后部伸出一根大烟囱。这里是"军工厂"的核心，几百名穿着白色大褂、戴着蓝色纸帽的女工在流水线旁工作。整套流程很有条理：一台机器将酒液灌入瓶中，然后把装有酒液的瓶子传送到检查员那里，由她来寻找瑕疵。接下来，一组女工负责给酒瓶加盖，然后另一名女工给瓶身系上红色的丝带。酒标贴好后，放进已经折好的包装盒，最后放入一对印有酒厂品牌的小酒杯——完成装瓶和包装的白酒被流水线一路运送至装卸托盘处。

我们跟随引导的人，从那里进了酿酒车间：一座像机库一样的昏暗长屋，众多穿着蓝色工作服的男性赤脚推着独轮车忙碌着，车斗里高高地堆着高粱，其他人站在一旁，拿着耙子和铁铲待命。打开的窗户透进一道道光柱，捕捉到从正在发酵的谷物上蒸腾出的层层水汽。透过水雾，我分辨出一些工人正用耙子将冷却中的谷粒堆成长矩形，工业吊车正把进行发酵的高粱倒入砖砌的深坑。

在官方分类中，以茅台为代表的鲜味风格的白酒被称为酱香型。要想得到这种香型，需要经过一个复杂精密且极耗费人工的生产周期：工人需要先蒸制高粱，然后把它们与起到发酵作用的曲混合，再将混合好的谷粒铲成齐腰深的谷堆，使其开始发酵。把发酵的谷粒放入砖砌深坑，用泥浆封存一个月。到期后，取出已发酵的谷粒蒸馏出第一轮酒液。将新鲜的谷粒和曲与蒸馏后的谷浆混合，再次进行"发酵—蒸馏"的过程。这一过程要重复八次，总计持续一年，每一次得到的酒液陈放几年时间后，由一位大师将所有不同的馏出酒液进行调配勾兑，使其中的烟熏味、甜味和咸鲜味达到平衡，勾兑后的成品可能包含上百种馏出原液。这一小杯细腻精致的白酒，是付出大量汗水和劳作的结果。

像贵州茅台这样的酒厂还有几十家。事实上，镇里的每一寸可用的土地都被用于与白酒相关的产业。茅台的生产经理曹大明告诉我，由于地形的限制，当地人没办法将酒厂建在山上，工厂需要紧邻河边以获取水源。对于白酒来说，产地是极其重要的。为了提高贵州茅台的产量，茅台镇刚刚将 1/3 的居民搬迁至附近的村庄。大多数迁居的居民或多或少都依靠茅台酒厂为生。

1975 年，政府打算在赤水河上游不远的遵义兴建第二家贵州茅台的酒厂，原厂的每一处细节都被精心地复制了过去，甚至连吊顶木梁上的尘埃颗粒都没放过，它们被小心地转移到了新的厂房。配方和生产过程的每个环节，都经过仔仔细细的复制再造。

问题是，第二家酒厂做出的白酒味道不一样。培养曲需要空气中微生物的参与，这些微生物在发酵过程中同样起到了一定的作用，因此，气候中最细微的改变也会导致白酒风味的剧烈变化。如同法国葡萄酒酿造中的"风土"原则，最棒的中国白酒同样是环境的产物。

白酒厂之旅的最后一站是陈年酒窖，那里存放着数不清的酒缸。棕色的陶质酒缸将近一米高，间隔均匀地排列着。所有的茅台酒装瓶上市之前，都要至少陈放三年。陈放时间长的酒主要卖给白酒鉴赏家，茅台年份酒早已成为收藏家的目标，有时在拍卖会上会拍出几十万美元的天价。

与西方不同，"熟化"在中国有不一样的功能。像威士忌或朗姆酒这样的西式烈酒，盛放酒液的木桶很大程度上决定了风味的形成，并使酒液呈现出棕色。在中国，白酒厂会使用像陶土这种本身没有味道的材料来制作容器。陶土比木桶更加透气，能让酒液与周围的环境相互作用的过程更为顺畅。氧气能促进酒中味道粗糙的化合物的分解，让白酒更加柔和。

"你们都太幸运了。"曹大明对我们这群人说道。我们当时正围坐在一张长木桌边。他的助手用实验室烧杯给我们每人倒了一小杯散发着咸味的淡黄色酒液。"这是五十五年陈酿的贵州茅台。正常情况下，我们只在接待贵宾和高级官员时使用。"

我们闻了闻，浅抿一口，然后一饮而尽。故事讲到这里，我接下来应该开始动情地赞美这款罕见珍贵的茅台年份酒，描述那种征服我嗅觉与味觉的超验式感受。但是，做出好的白酒靠的不是陈酿，在透气的陶质容器中用传统方法陈酿，可以消除醛类物质带来的粗粝味道，并增加酯类芳香物质的集中度。简单来说，这种陈酿方式让白酒更加平滑，更加美味。陈酿的时间大多是几个月或几年，而且只会对白酒整体特点构成轻微的改变。伟大白酒珍酿的真正秘密，在于不同原液的恰当勾兑，而不是过久的陈酿。所以，曹大明招待我们的酒虽然比普通茅台香气更足，但喝起来也更为辛辣。

午餐时，曹大明问起了我的看法，我如实相告。"有意思。"他回答时与同事们交换了一个眼神。我认出了他们的眼神：有人在堪萨斯城的一家牛排店里点了鸡肉时，我们就会露出那种眼神。

接下来的宴会上，人们又喝起了茅台酒，喝下的量远远超出了开胃的效果，我们甚至吃下了像鱼头、鸡爪以及酸辣狗肉锅这种当地家常美食。"茅台战队"尽职地吃完饭，然后离开。我们回到宾馆大厅，看见面包车已经等在外面，要将我们送回城市。

车开出茅台镇半小时后，我们在加油站停了一会儿。我走进去，买了一整箱瓶装饮用水。一整天，我们第一次喝到了真正的水。

当然，我们没有一个人感到头痛。

尼克松总统 1972 年的访华取得了巨大的成功。此次访问的重要成果就是《中美联合公报》的签署，中美两国在公报中承诺要解决双方的分歧。这是两个大国外交关系正常化的第一步。回到华盛顿的尼克松不仅修复了中美关系，还为美国国家公园带回了一对大熊猫，另外他还拿回了几瓶贵州茅台，而这几瓶酒差点儿毁了整个白宫。

尼克松在北京喝酒时，看到了一个派对戏法：将一根点燃的火柴扔进盛着茅台的碗里，茅台会立刻燃烧起来。回到华盛顿后，尼克松想在女儿面前重现这个戏法。他将点燃的火柴扔进盛有茅台的茶碟中，燃起的火焰让茶碟碎裂开来，整张桌子都起了火。

"所以说你们差点儿把白宫给烧了！"多年以后，亨利·基辛格在向中国人讲述这段故事的时候说道。幸亏一个反应敏捷的特工在造成更严重损失之前及时扑灭了火焰，历史证明，这不是尼克松最后一次灾难性的误判，但西方世界因此得以远离白酒的威胁——至少是暂时幸免。

那么，茅台为何被称为"国酒"呢？是因为它丰富的历史、所谓的健康福利、收藏投资价值，还是因为人们对它的偏爱？或者说是以上所有原因共同作用的结果？

"'国酒'的头衔可不是随便想想就会有的，"我们最后一次见面时，曹大明对我说，"如果大家不喜欢我们，我们也不会被称为'国酒'。如果每个人都认为我们是个奢侈品牌，那么我们就是奢侈品牌；如果每个人都认为我们是国酒，那么我们就是国酒。是因为我们有最好的白酒，他们才将这一荣誉授予了我们。"

他笑得很开心："我们有什么资格反对这些观点呢？"

第九章　南方之歌

　　广西北部令人神往，同时让人却步。漓江从这里蜿蜒流淌，河水的冲刷使这里形成了肥沃的盆地。因为地形险恶，在这里生活了三万年的居民大部分时间里都处于一种文化隔绝状态。目之所及尽是石灰岩峰林的喀斯特地貌，它们是在几千万年前印度次大陆撞上亚洲大陆的剧烈地质活动中留下的伤疤。极目远望，在还未被雾气笼罩的视野中，一座座长满苔藓的绿色山丘如鲨鱼利齿般拔地而起。

　　群山与河流构筑起了这里的主要风景，中国水彩山水画在这种梦境般的景色中成为现实。历史学家吴妙慧（Meow Hui Goh）在其著作《声色：永明时代的宫廷文学与文化》中指出："'山水'并非自然本身，而是人类眼中观察到的自然。"根植于道家自然平衡的概念，云端之上的陡峭悬崖、树木苍劲虬结的枝干、淌出溪流的峡谷等，这些山水画中的风景都是对自然世界的表现主义式描绘。如果画中有人类，他们则被描绘得非常微缩，几乎被周围的景色完全吞没。亲身去广西的乡间体验一番，你就会发现山水画并非只存在于艺术世界。

这里的乡下种植稻米，小村庄之间遍布着稻田。被风雨洗刷得掉色了的房子，屋顶铺着黑色的瓦片，每个房子外面都放着几个圆形的石罐。这些石罐的尺寸接近啤酒桶，其中盛放着半透明的甜味酒——一种名为"米酒"的黄酒。几乎每家每户都会自酿米酒，每次吃饭时便舀出一碗，如果罐中仅剩下酒渣，就到了酿一罐新酒的时候了。

广西壮族自治区是中国民族和文化最多元的地区之一，广西的酒也反映了这一点。桂林是广西历史上的首府，因一种以稻米为主要原料的白酒闻名，而在如今的省会南宁，人们更偏爱发酵程度更低的酒。在广西西部，当地人饮用的是一种清澈的米酒，味道和外观上与日本清酒很接近。

托德与我从阳朔骑自行车出发，一路上时不时地爆发出一阵鞭炮声，喀斯特地貌的山坡上升起袅袅白烟。那天是清明节，是全家人到乡间祭拜先祖的日子，人们打扫墓地，用鞭炮声赶走恶鬼，给祖先留下了各种祭品，比如水果、纸钱和酒。在中国实行火葬之前的很长一段时间，在先人下葬后，人们每隔若干年会清理一次他们的遗骨，向祖先的神灵敬酒，这一仪式被称为"拾骨葬"。如今，被焚烧且大多已被遗忘的死者，只在节日才有机会喝到酒。

托德把车停在路边，走进一家只有一间屋子的商店。几分钟后，他拎着一个装满了爆竹的大塑料袋走了出来。他买这些东西完全不令人意外。

托德是应我的请求，与我一道开始这趟从贵州东部出发的精神开悟旅程的。我们是在堪萨斯城郊区长大的铁哥们儿，我俩还在子宫里的时候，我们的父母就已经是朋友了。高中时，我们因为钟爱逃课而走到了一起，还培养出了一种接近灾祸的癖好——灾祸可能导致生命危险，或者要负法律责任，所以我们只是接近，从不碰触。

身为一名富有科学头脑的前雄鹰童子军，托德最大的优点是——他是个全能的多面手。在露营旅行中，我唯一能做好的工作是摊开帐篷、打开啤酒，迫不得已或许还能找到引燃物，而他会负责其余所有的工作，从物色露营地点到生火。同时，火也是他最大的弱点，青春期快结束时的一次农舍派对经历让我记忆犹新。我当时正在别人的轿车后座边听音乐边抽烟，目睹了车窗外的混乱如何一步步发展起来：一座高大的火柱从农场上瞬时拔地而起，托德，这个少年邪灵梅菲斯特，正同他的同伙一起将火加旺，还开心地跳来跳去，时不时传来一阵如同枪击一样的巨大爆裂声，那是因为一枚干冰炸弹炸开了。那景象让我想起了电影《现代启示录》中都朗桥夜战的场景。没人能控制住这样的场面。

托德最后成了一名防火专业的工程师，也算是意料之中。至少，现在他可以把自己点着的东西扑灭了。我之所以请求托德和我一起旅行，是因为他是个靠得住的旅伴，而且不管他对点火有多么狂热，最后总能控制住局面。

我们在中午时分到达了兴坪。兴坪村位于漓江边，其秀美绝妙的景色甚至被印在了 20 元面值人民币的背面。兴坪村处处是低矮的瓦房，慵懒安静——但节假日除外，那时会拥来大量中国游客。

几年前，我曾到过这儿。一回到这里，记忆中的画面便密集浮现在我脑中——狭窄的石巷，低矮的建筑，一家家门前放有笼子的餐馆，里头关着类似大块头麝鼠一样的啮齿动物。这时，我发现了上一次到访时错过的东西：一家商店门面上印着一个大大的汉字"酒"。我们那天还没开始搜寻酒呢，但它先找到了我们。

"庆祥号"酒庄的规模只占一间店面，里面放满了各种陶质酒缸，一进去就能闻到浓烈的米酒香气。热情的年轻店主用长勺为我们每人舀了一小杯半透明的黄色液体。原来是甜味的桂花米酒，口感平滑，略微带有花茶的味道。接下来，我们尝试了当地的三花酒，酒的力道很好地隐藏在了表面的轻盈之下，柔和醇美，带有泥土香，好喝极了。

"我们的米酒是本地最出名的。"店主说。这家店已经由她丈夫的家族经营了好几代。她丈夫名叫陈志明（音），是一个高个子的中年男人，剃着平头的他穿着一件显眼的蓝绿色冲锋衣。

他解释说，陈家原本是做糕饼起家的，19 世纪后期，陈庆祥来桂林买香料，却爱上了当地的三花酒。很快，他开始自己用坑井发酵，小批量地生产白酒。一百年过去了，历经四代人，陈家仍在经营这家店。陈志明拿起一个三花酒酒缸的盖子。"闻起来像芝华士威士忌，很平顺，"他说，"它不上头，不会让你宿醉。"所有的白酒酿造者都说自己的酒不会造成宿醉。

我告诉他自己如何被桂花酒打动，他回应说这种酒是专门酿给女性饮用的，可以让她们更加漂亮。这倒很新鲜，我一直有个印象，觉得只有我自己喝酒的时候，别人会变得更加漂亮。托德问这酒会不会让我们变好看，陈志明假装听不懂他的话。

陈志明领着我们沿着一条圆石铺砌的窄道，来到一座中间微微下陷的错层木质建筑。这里便是最初的家族酒庄。底层摆放着一排酒缸，上层则是一间摆着木质家具的舒适的品酒室。他示意我们坐下，然后一头扎到楼下，开始准备要品鉴的酒。

"你看到那个了吗？"托德低声说。我顺着他的目光看到墙上贴着的东西。姑且称其为艺术吧：墙上贴满了各式各样在大学兄弟会浴室里能看到的照片，有玛丽莲·梦露，以及巅峰状态的麦当娜。这些照片中的瑰宝，是一个身材肥胖的裸体金发女郎靠坐在垫子上，双眼盯着镜头，似乎在说"来啊，来啊"。

一个满脸怒容的老妇人打断了我们的遐想。她没有自我介绍——想必是陈志明的母亲——不过反正我们也听不懂当地方言。她在房间里走来走去，擦拭着家具，将其摆放整齐。她又给我们端来一碗荸荠，然后用削皮刀为我们示范如何剥皮。

陈志明拿着两个塑料瓶子再次出现。瓶子里装着白色液体，看上去很像豆浆。"新鲜酿制的桂花酒。"他说着，为我们倒好。那酒喝起来甜甜的，让人满口生津，第二杯更好喝。这种酒颜色浓，味道丰富，浓郁又清新，很像上佳的阿根廷特浓情葡萄酒。

离开之前，我们想向他要一瓶这种特别的桂花酒，好在路上喝。他领着我们走到一个酒缸前，拿起盖子，得意地笑了起来："都卖光了。"

"桂花酒？那是给乡下人喝的。"李主管说。

第二天，我们来到了中国最主要的米香型白酒企业桂林三花酒厂。在一间光线昏暗的房间里，我们坐在两张坐垫过于软厚的皮沙发上，正对着销售主管李兆林。桂林三花就是我们在兴坪遇见的民间酿酒传统的现代进阶版。1952年，按照政府对白酒厂整合兼并的政策，多家小酒厂合并成立了桂林三花酒厂，并自然而然地成为当地三花酒的代言人。

体会过广西白酒中的花香气息后，你可能会妄下结论，认为这里的白酒酿造时加入了花朵，但实际上，酒名中的"花"指的是泡沫。很久之前，广西的酿酒人通过酒液的表面张力来判定酒的质量：摇晃酒瓶后，观察酒液表面形成的泡沫数量，如果瓶中出现了三组泡沫群，那么这款酒质量一流。

即使在中国白酒的多元世界中，三花酒也是极为独特的。酿造桂林三花酒使用的曲，是由米粉与混入了蒸制三次的稻米的传统中草药制成的。我之前提到过，生产中国白酒时要利用曲将淀粉直接转化为酒精，但三花酒是个例外，米香型白酒的酿造者使用了一种更加适合稻米发酵的古老工艺，并且它的流程在不同的石缸里分别进行。首先，他们用少量曲、水和米制成一种酵母性质的物质，然后在容量更大的石缸里混入更多的米和曲——我之前是不是说过所有的白酒都是使用传统蒸馏器进行固体发酵制得的？容我在这里解释一个例外：桂林三花酒是对米酒液体（本质上是一种清澈的大米黄酒）进行三次蒸馏制得的，使用的蒸馏器则是类似生产伏特加的现代连续式蒸馏器。三花酒全部使用本地大米和漓江水酿造，然后送到喀斯特岩洞中陈放。可以说，三花酒结合了自然与技术，是山与水的产物。

李主管的助手走进房间，手里端着一个托盘，上面摆着几杯酒。这个托盘被放到了我们的面前，李主管邀请我们先品尝酒厂的招牌三花酒。口感如丝般滑顺。他还让我们猜测一下这款酒的度数，但还没等我们回答便给出了答案："52%。"

"哇，那么高？"托德感叹，甚至怀疑起我翻译的准确性。

我们接着尝了第二杯。这款酒叫老桂林，和本地发酵米酒一样，是用糯米酿制的。我们刚开始喝，便听到一阵震耳欲聋的风笛演奏版《奇恩异典》[1]，原来是李主管的电话响了。这乐声真是来得恰到好处，对应了紧随而至的感受：老桂林像糖浆一样黏稠浓郁，如蜂蜜一般甜美芬芳，就像是威士忌与清酒结合的产物。这款酒是我品尝过的最为细腻的中国酒之一，全世界任何一个烈酒爱好者都会满心欢喜地把它买回家。

"你知道清酒吗？清酒和这款白酒有些像，"李主管放下电话对我们说，"我们的白酒与外国的葡萄酒和烈酒有些类似。它的味道清淡优雅。所有的酒都有一个理想饮用量，三花酒也不例外。如果喝得适量，它可以像鹿茸一样有益于你的健康。"

鹿茸？是的。不过这是另外一个故事。

这里简直是恐怖秀现场——各种广口瓶和细颈瓶，大大小小，瓶中装着散发出咸味的黄色液体，我从中瞥见了一些离奇反常的东西。每层架子的陈列所体现出的怪诞都不一样：只能辨别出部分的动植物，草药、香料以及混有两者的碎渣，完整的动物（爬行类、哺乳类和甲壳类）——动物早已发白的眼球凝固在死亡降临的那一刻。眼前的一切好像让我置身于弗兰肯斯坦博士或是莫罗博士[2]的实验室。

---

1 《奇异恩典》（*Amazing Grace*），创作于 18 世纪的基督教赞美诗，是英语世界中最受欢迎的圣歌之一。——译者注
2 英国科幻小说《莫罗博士岛》（*The Island of Doctor Moreau*）中的角色，莫罗博士在一座荒岛上通过外科手术改造各种动物，让它们直立和吃熟食，将它们变成兽人。——译者注

"我想跟你确认下自己的理解是否正确，"我紧张地说，"那么，这里能买到哪几种鞭？"

"鹿鞭、狗鞭和海狗鞭。"面无表情的店员回答。

"我有些不明白，三鞭酒怎么就比只有一种鞭的酒更好？"

"海狗鞭和狗鞭的治疗作用不一样，"那人解释说，"但这两个都不如鹿鞭效力大。鹿鞭是最厉害的。"

解释得很直白。"那么，鹿鞭好在哪里呢？"

"鹿鞭可以补肾，增强你的阳气。"阴和阳，代表道家学说中的互斥力量，比如黑暗与光明、阴柔与阳刚。这玩意儿会让你干劲十足，他慢慢地朝上伸出一根手指，生怕我没理解他的意思。

托德正忙着像一位博物学家一样，仔细研究这些实验室样本，最后他停在了一瓶酒跟前，酒瓶的形状像是一名举重运动员的躯干。"那瓶鞭酒很棒。要不你们来点儿鹿茸？"店员试探地问道。他手里拿着一件真空包装的东西，那玩意儿又黑又长，但被削成像意大利香肠那样的小圆片。

这里是广州，中国南方省份广东的省会。我们来这里是为了寻找当地大名鼎鼎的蛇酒。

两天前还在广西时，托德和我出门回来，遇见了和蔼可亲的客栈老板——澳大利亚人维克多。他当时正在门廊前练武术，他的动作缓慢有力，从容不迫，时不时用力地踢腿和猛冲。看到我们后，维克多停下练习，从冷藏箱里拿出两瓶啤酒，问起我们刚刚去干吗了。当知道我们正在进行追寻中国白酒之旅时，他突然面露喜色，然后从冰箱上面取下一瓶深黄色的液体。瓶子里有盘旋蜷曲的东西，因此你可以断定这是一瓶蛇酒，里面似乎还有一两只蜥蜴。

"要来点儿吗？"还没等我们拒绝，他就给我们倒好了酒。

我盯着那深色的液体。蛇盘成一团沉在瓶底，看起来不太妙，托德也不确定地皱着眉头。从取之不竭的男性愚蠢行为中汲取力量后，我们决定依靠喝酒游戏的方式把酒喝掉——出乎意料，这酒喝起来还不差，我一边这么想，一边从牙缝里取出一片鳞片。口感粗糙，很明显，带有草药味。总体而言，廉价白酒泡蛇之后好喝了不少。

这算是件好事，因为我们的下一站是梧州，一座位于广西西南部的炎热城市，以蛇肉美食而闻名，还有世上最棒的龟苓膏——一种用龟甲制作的果冻状食品。有位专门编写旅行指南的朋友给了我一个建议，只需要花费几美元，就能在梧州蛇园与上千条毒蛇度过一个让人难忘的下午。那里还有个餐厅，客人可以吃到所有能吃的蟒蛇、眼镜蛇和金环蛇。

哪会有这么好的事啊——果不其然，那座蛇园早就关门了。于是，我们接着来到广州，希望能在这里的中药市场上碰到好运气。市场里挤满了人，弥漫着一股刺鼻的气味。摊位上有各种各样的草药、菌类和植物的根，还有海星、海马和乌龟。一个女人面前的毯子上甚至摆满晒干了的甲虫。但再一次，蛇机敏地躲了起来。

我们这次没有白跑一趟。我也不是为了故意恶心托德，至少这不是我全部的目的。我们在广州更多地了解了华南地区酿酒传统的基础：药酒。

讨论传统中医很容易让人陷入毫无头绪的境地。从最简单的角度看，传统中医是一种基于几千年来民间智慧的预防性医学。据传，神农氏炎帝教人农耕和医药。根据《淮南子》，远古时的人以采食野生瓜果、生吃海鲜[1]为生，因此常中毒、生病甚至死亡，神农氏教他们怎样耕种五谷，即麻、黍、稷、麦、豆。"神农……尝百草之滋味，水泉之甘苦，令民知所避就。"中医就这样诞生了。

中医的理论基础著作是《黄帝内经》，大约成书于两千年前。书中提出了一种基于平衡的健康概念。所谓的平衡就是阴阳平衡，以及五行（金、木、水、火、土）的均衡。根据道家的理论，水是唯一无法被毁灭的元素，它的力量能够克火。葡萄酒专家柯彼得在《琥珀光与黑龙珠》中写道："（酒）是水的进一步发展，是'神圣之水'，经常用于驱散邪灵、解毒和治病。"

慈祥的余家政医生是一位中医师，家族四代行医，有一次在成都，他这样对我解释："西医看不起中医，因为中医不符合卫生要求，也不科学。但当代中医一直在发展改进，另外，中医正变得越来越专科化，而且在借鉴西医的成果。"

尽管听上去似乎有些玄，但基本的原则确实很合理：身体的均衡性被打破，造成了健康不佳，通过保持健康的饮食和生活方式可以预防疾病。预防疾病比治疗疾病要简单得多。就像余医生告诉我的："你不能口渴时才打井。"

无论是古代还是现代，酒在中医里都占据了重要的位置。《黄帝内经》里说，上古时代的医生常备酒以应所需，但那时人们身心康泰，很少患病，所以酒虽制好了，还是可以放置不用，后来养生之道稍衰，人们的身心比较虚弱，"邪气时至，服之万全"。人们认

---

1 《淮南子》中的原文为"蠃蚌"。——编者注

为，酒不仅能治疗疾病，还可以驱散导致疾病的邪灵。

在中国，起治疗作用的酒有很多名字——药酒、营养酒、滋补酒、保健酒等，这些酒实际上大同小异。要么是酿酒时将药材加到曲中，例如桂林三花酒，要么是将药材在酒液里浸泡数日、数周甚至数月。第二种方法也被用来制作非治疗用途的泡酒，尤其在中国南方的家庭自酿酒中极为流行。

像菊花和五加皮（又被称为"西伯利亚人参"）酒这种如今流行的药酒大约出现在 6 世纪，在那之后，药酒的种类越来越多。中国在公元前 221 年统一时，大概已经存在 7 种药酒，到 16 世纪时已经发展到几十种。今天，有记载的药酒配方约有 400 种。与此同时，酒中药材的数量也增加了，大多数酒只有一两种药材成分，但唐朝的丹参酒用到的药材多达 45 种。

药酒被用来治疗各种轻症，例如关节疼痛、咳嗽、血流不畅和动脉阻塞等。在李时珍的 16 世纪杰作《本草纲目》中，他列出了酒的很多治疗用途[1]：

米酒：行药势，通血脉，润皮肤，散湿气，除风下气……

【犬猘伤】〔内治〕雄黄（同麝香，酒服。）……

【蛇虺伤】〔内治〕贝母（酒服至醉，毒水自出。）……

【惊死】醇酒（惊怖死，俗名吓死，灌之。）……

1　作者此段引用的内容参考的是德贞医生《中国人的饮品》（*The Beverages of the Chinese*）一书中对《本草纲目》的理解，此处译文对照《本草纲目》做了调整。——译者注

传统中医里有着各种不同效果的药酒，可以改善脏器功能、缓解肠道问题、增加男性精子数量、预防秃顶、延长寿命、舒缓皱纹，甚至还能抑制痴呆症，等等。药酒还可以用作外用药剂、杀菌剂或解毒剂。在中国古代，皇室丧葬仪式中甚至使用药酒来做尸体的防腐剂。《汉书·食货志》称药酒为"百药之长"。

有一种观点认为，药材中的治疗活性成分在浸泡过程中溶解在了酒中。还有一个更简单的解释：味道。很多常见的中药材苦涩至极，酒的作用如同服用苦药时加一勺糖。同时，药草让口感粗糙的廉价酒喝起来平润不少，二者让彼此的味道都更易被接受，这可是个不小的成就。传统中药材的范围极为广泛，有些让人容易接受（花朵、竹叶、人参），有些会让人感到不安（蚂蚁、蜜蜂），还有些甚至会让你感到惊吓（冬虫夏草、四足动物胚胎）。

蛇酒是中国以及整个东南亚地区最为流行的动物药酒。蛇酒有两种制作方法，每一种都让人毛骨悚然。一种是新鲜的蛇酒，直接割开一条活蛇取出胆囊，将胆汁挤在酒杯里，再添上一口酒（莱昂纳多·迪卡普里奥曾在电影《沙滩》的开头场景中逼真地演示了这一方法）。另一种，也是更为普遍的方法，就是浸泡，把几条绝望的蛇泡到白酒中。随着时间的推移，原本无色的酒液吸收了蛇类恐惧的咝咝声，变成了深赭石色的透明液体。

在你大呼不满之前，不妨回想下传统中医进入美国的经历：因为各种错误的原因，蛇类万灵药在那时大行其道。19世纪中期，大量华人来到了美国西海岸，先是加入加州"淘金热"成为矿工，然后作为劳工修建了横跨美国的铁路。他们中的绝大部分来自喜欢吃蛇的中国东南沿海省份，尤其是广东。这些华人也将他们的烹饪和风俗带到了美国。

欧裔工人对中国人拿来治疗风湿的蛇酒和药酒大肆嘲笑，但试过后，这些白人不情愿地承认了蛇的药用效果。美国商贩看到了潜在的市场，开始制造自己的"蛇油"，但自然他们的玩意儿毫无效果，因为这种"蛇油"主要用美国的响尾蛇制成，根本不含任何水蛇的成分。20世纪初，美国政府测试了其中一款蛇油，发现其成分主要是矿物油和胡椒。自此，"蛇油"成了江湖骗术的代名词。

中医并没有受到这一丑闻的影响。在蛇油广受追捧的时代，传统中医诊所开始在旧金山遍地开花，更让人吃惊的是，这段时期恰值美国排华情绪的高潮。

后来的研究发现证明了中国蛇油的有效性。研究人员发现，某几种中国水蛇富含 Ω-3 脂肪酸，这种成分可以缓解关节发炎症状，提高认知能力，同时还能降低血压和胆固醇水平。这些中国蛇类的 Ω-3 脂肪酸含量甚至比三文鱼还要多，然而美国的蛇完全不含 Ω-3 脂肪酸。所以说，之前那些卖蛇油的商贩也许不全是骗子，只是他们选用的蛇不对而已。

托德和我徜徉在沙面岛的榕树道上，享受着午后的菲律宾啤酒。沙面曾经是欧洲人的居住区，颇有诗意地建在珠江一座泥沙冲积而成的岛上，紧邻着拥挤喧嚣的广州市区。这里相对静谧的氛围和西式风格的别墅让人耳目一新。曾经的鸦片商人早已不在，取而代之的是在此拍摄西式婚纱照的中国新婚夫妇。木棉树开花了，小头生菜大小的红色花朵开始从枝头飘落。花朵刚落到地上，就有一个路人冲过来将它拾起，因为这些珍贵的花朵具有药用价值。

我们的寻蛇之旅来到了江边。我拿起一瓶生力啤酒，回头看着江对岸的城市。这时，我发现了它——就在距离我们不到一个街区的地方，一栋大楼上面写着"中药批发市场"几个字。这个市场最顶上的两层几乎都是卖药酒的，这里简直太符合美国大众想象中的唐人街密室场景了：落满灰尘的罐子整齐地码在墙边，里面装着动物的残肢和叫不出名字的树根；悬挂的鱼干从天花板上垂落；几个缎子内衬的盒子里装着干鹿鞭，散发出一阵难以辨别的浓烈气味。我差点儿以为能在这儿碰到魔鬼呢。

每个店主都向我们展示了不同样式的酒。尽管我完全听不懂广东话，但他们通过各种比画让我们明白了每种酒的基本作用。一个人指着一个罐子，然后摆出了一个炫耀肌肉的夸张动作。他又指着另外一个罐子，然后揉了揉肚子，如此等等。

你一定以为这样的店铺和几个世纪前没什么不同，但这些店铺与古时候的中药房最大的区别在于商品化。中药以前是一种完全局限在本地的手工产业。病人从当地的药房里购买能买到的药材，然后放入自酿的酒里浸泡。如今，药酒都已经实现了大规模生产，生产方包括制药厂、酒厂——没错，还有骗子。销量可观的劲酒是一种兼具红牛饮料和伟哥效果的药酒，可以在任何一家酒水店买到。

我们尴尬地带着一堆药酒来到附近的一座公园。将酒瓶摆在一条长椅上后，我们便着手开始研究。我们有一瓶蛇参酒，几瓶鹿茸酒，还有满满一包阳具外形的小酒瓶。在路人看来，我们很可能是一对准备寻欢作乐的外国下流坯。管他呢。

首先，我们尝试蛇参酒。比第一次喝的蛇酒好太多太多了，不枉这么大费周章。接着打开的是一瓶鹿鞭酒。它很美味，每一瓶都比上一瓶好喝，味道丰富，充满糖浆般稠厚的肉桂味。我也说不清这些酒有没有让我们变得更加健康，也不知道自己离开公园时是否变得更加强壮阳刚了。不过，我喜欢这些酒。

随便你怎么说，我度过了一个开心的下午。

每座中国火车站在凌晨四点时看起来都一样，只是这里的站牌上写着"龙岩"。出站通道里贴着瓷砖，荧光灯昏暗破旧，旅客们走出车站后，早已在外面等候的推销人员立刻拥了过来。出站的我们拒绝了温暖的床铺和私人包车，拒绝了摩托车和三轮人力车。这个时候还是坐出租车舒服些，至少坐车时不用把行李箱放在大腿上。

我们居住的宾馆房间闻起来有一股烟头味，而且是焦油含量高的香烟。有一整面墙像是经历过海啸的洗礼好不容易留存下来，在下方的条纹壁纸从发霉的黑色石板上脱落下来。地毯曾经有过图案，但早就被燃烧的痕迹和血渍般的污迹代替了。最要命的是马桶不能冲水。

感觉我刚刚闭上眼睛，电话就响了。来电话的是沉缸酒公司接待组的工作人员。一束光早已照进了房间，让我惊奇的是，直射的阳光竟然没使房间立刻着起火来。

"我们要接两个人。"我出门后见到一个戴着墨镜的男人，他这样对我说道。我告诉他，托德有些不舒服。我在撒谎，那个叛徒扔下我继续睡大觉了。

"你吃了吗？"他问道。我真应该对此做好准备，这是最容易想到的开场白。在中文的表达中，这句话的作用类似于英文的

"What's up？"（你好吗？），可以不分任何时间、场合使用。你不应该如实回答，但面对身体的反应，我的大脑没来得及仔细思考。我回答"没有"，直接掉进了陷阱。

中国人修建了长城防止外敌闯入，所以你真闯了进来就要付出"代价"。中国人的热情好客是对不容分说的利他行为的最佳注解（如果你和我一样有一位犹太祖母，肯定能明白我的意思）。如果主人发出了邀请，那么就会成为现实，客人的拒绝只是一种礼貌的客套，最后总会假装勉强地默然接受。"好的／是"当然代表了同意，但除非你有确凿的健康原因（有时也会被驳回），否则别想躲过。你应当明白，中文里缺少一个能直接等同英文"no"的词。

于是，我们去吃早餐。还没等我提出反对，对方就已经点好了食物并付了钱。我一边吃着满满一大盘米粉和猪肚汤，一边和他们讨论蛇酒的好处。自然，蛇酒在福建也很普遍。我实在没办法把东西都吃完，这分量足够给一家六口吃了。从他们的表情上可以看出，东道主对此感到忧虑。

他们以为我没有胃口是因为对食物不习惯造成的，然后几乎用押送的方式把我送到了一家西式烘焙店，希望我能多吃一些。他们挨个拿起店里售卖的食品，问我："你吃这个吗？这个怎么样？"等到他们问我第三遍的时候，我解释说自己真的不需要额外补充养分了，语气很严肃，他们这才罢休。

我们逐渐远离市区，仿佛进入了一次时光倒流的旅行。我们驶过水稻田和拥有几百年历史的观音庙，最后来到一座小山。小山俯瞰着掩映在起伏的绿色山峦之下的小村庄，沉缸酒酒厂就在山顶。酒厂是一座近期建成的方形建筑，高管办公室位于建筑顶层，各种认证证书和书法卷轴挂满了粉刷一新的白墙。执行董事王锐军从红木办公桌后起身，邀我同他一起喝茶。

王锐军穿着一件浅蓝色开领短袖衬衫，长了一张宽脸，梳着偏分头，留了一撮小胡子。他并不是福建人，而是来自江南之地苏州。他早先在广州做纺织行业起家，后来在洛杉矶工作过一段时间。2007 年，一位友人领着他看了这家沉缸酒酒厂，这家拥有两百年历史的黄酒作坊那时已经陷入了困境。"我喜欢黄酒，所以我们决定把酒厂买下来。"他说。

这种福建黄酒呈现一种带有光泽的浅褐色，专门使用一种名为红曲的发酵剂进行发酵。红曲最早是由一千年前的宋朝酿酒者制作出来的，是米酒历史上最后的伟大创新之一。通过红曲发酵的黄酒因红曲霉获得了酒色。红曲霉是一种亮红色的霉菌，生命力极为顽强。与曲中其他的霉菌不同，红曲霉可以在高酒精和高酸的条件下存活，从竞争激烈的微生物菌类中脱颖而出，发酵出一种味道浓郁的黄酒。过去，人们称这种酒为"红酒"，但这个名字越来越容易与逐渐流行的红葡萄酒混淆，于是如今被称为黄酒的一种。

有些沉缸酒还会混入白酒来增加酒精度，但其余的都是直接发酵酿制。黄酒的香气很柔和，味道复杂，甜度与果味之间达到一种完美的平衡，会让人想到西方的雪利酒，喝起来口感轻盈，也很容易下咽。考虑到黄酒与西方加烈酒[1]的相似性，王锐军想知道为什么在中国的外国人对白酒有很强的偏见，却对黄酒视而不见。我回

1　加烈酒，又称酒精强化葡萄酒，制法通常为在葡萄较为成熟时采摘，在发酵时不等葡萄的糖分全部转化成酒精，便加进烈性酒精，把酒液酒精度提高到 15% 以上。在这样的高酒精度酒液中，酵母菌发酵终止，酒液成为有甜味的葡萄酒。——译者注

答说，我们大部分人从没听说过黄酒，即使听说过，那也只是在亚洲商店里卖的烹饪料酒。

他若有所思地点点头："外国人以前甚至都不知道中国在哪里，他们以为中国人长着猪尾巴，穿着睡衣到处走。他们不仅不懂黄酒，也不懂中国。现在获取信息更便利，外国人也开始了解我们了。"王锐军拿起身前的茶杯，陷入了思索。他说，这有点儿像自己去洛杉矶之前的状况。"去美国之前，我也不了解西方。但最终，我也开始慢慢了解了。"

陈厂长是一位矮壮的男性，他领着我们走出办公室，路过堆在阳光下倒置晾干的石缸，进入了酿酒车间。这个员工不算多的酒厂每年的黄酒产量约为 1000 吨，大概能装 200 万瓶。我们走进一个潮湿的房间，上百口没有封口的石缸密密麻麻地摆在地上。

陈厂长说，这个酒厂之所以名叫沉缸酒公司，是因为酒液发酵期间产生的二氧化碳会将米渣推到酒液表面，之后米渣会沉入缸中。这一过程进行三次之后，缸底部的酒品质最佳。每口缸内装着深红色的米粥状物质，米渣之上散布着像芝麻一样的黑色斑点。王锐军解释说，那是酒药（曲）。这种曲含有超过 32 种草药，配方是保护严密的机密。

工厂后身是一座木头搭建的仓库，里面堆放着两层密封好的石瓮。"这些是我的宝贝，"王锐军说，"世界上没有一种酒和它类似。"

沉缸酒之所以在福建拥有特别的地位，是因为其与客家人的关系。虽名为"客家人"，但他们更像是外来者，而不是客人。客家人有自己的服饰、民俗和饮食，他们说着自己的语言——客家话，这可能是留存至今最接近古汉语的语言。据说客家人是在大约两千年前由中原地区迁移过来的，有些人相信，是客家人最先将黄酒带入了中国南方。无论客家人在哪里避难，他们都被当地人排斥，无法获得最好的农田，他们成为身在祖国的移民群体。为了存活，客家人结成了内部关系紧密的孤立宗族。他们居住的村落紧邻着对他们怀有敌意的当地人，客家人时刻坚守着自己的利益。

他们在福建修建了土楼。土楼是一种宏伟的建筑物，既是防御工事，还是能容纳上千人居住的住宅。典型的土楼有三到五层高，外形包括圆形、方形或半圆形。土楼很像是欧洲的城堡，较低的楼层没有窗口，外墙可达一米厚，只有一个加固的石质出入口。土楼中心是开阔的庭院，庭院周围是一层层的住宅。有一个广为流传但出处可疑的故事："冷战"期间，因为其厚实的外墙和中空的内部结构，美国间谍卫星误将土楼认作导弹发射井。

托德和我花了一个下午在一座客家村子里参观土楼，还欣赏了周边的山色，用竹筒喝着爽口的米酒。在阳光和美酒的陪伴下，我们在返程途中很快便进入了梦乡，直到手机铃声把我吵醒。

"德力，你们在哪儿？"王锐军在电话里问道。

"在回龙岩的路上。"

"等你们吃完饭，给我打电话。咱们去喝茶，好吗？"

想到这句话背后的暗示，我内心不由得发出一阵呻吟。"喝茶"在中国是一种意义含糊的表达：它也许指的是单纯的喝茶，也可能是指在某个地方痛饮。

我用手捂住手机，告诉托德做最坏的打算。

"把电话给司机，我告诉他带你们去哪里。"王锐军说。

出租车将我们带去了一家客家餐厅，我们饭才吃到一半，手机又响了起来。"你们在餐厅了？"王锐军问道，"在了吗？我马上到！"几秒钟之后，他冲进了门，大声说出了自己的不满意："你们点的食物不够。"我们吃得肚子都快要爆炸了，但他只是反感地哼了一声，无视我们的反对，挥手招来一名服务员："再来三瓶青岛啤酒和一盘春卷。"然后，他转过头来："你们喜欢土楼吗？"

"难以置信地好。米酒也很好喝。"

"你们喝了多少？"

"每人半升。"

"那算不了什么。我刚刚喝了两升黄酒！"

一盘小得可怜的春卷被端了上来，外皮油腻腻的，根本没法吃。"咱们走。"王锐军说着，在我们拿出钱包之前就付好了钱。他招手叫来一辆出租车，我欣慰地舒了一口气。

"你以为我这样了还会开车来？"

"当然没有。"我扯了个谎。

正如我所料，出租车在一个闪着霓虹灯的地方停了下来，毫无疑问是一家KTV。我们沿着螺旋楼梯上了楼，楼梯井上方挂着一盏亮到刺眼的水晶吊灯，估计功率有10亿瓦。我边走边告诉托德，如果事情开始变得危险，就立刻准备离开。

王锐军领着我们走进一个小房间，里面摆放着环形沙发，有几个中年男人正坐在那里，都是来看王锐军的"美国朋友"的。

KTV在中国随处可见。每座城市、乡镇以及每个通电的村庄，你至少能找到一家KTV，即使找到了80家也不足为奇。卡拉OK在美国是在公共场所表演的，而在中国却是一种私人娱乐，亲友们聚集到一个无窗的房间里，有时候房间里还会装有舞厅射灯，里面至少有两只麦克风，但混响音量大得像是有 11 个人在唱。如果幸运的话，这个房间还有独立卫生间；如果再幸运一点，派对开始前你能占到一个远离卫生间的座位。

如果是中国人和外国人一起去 KTV，事情就变得尴尬了。对于外国人来说，中国文化中唯一一个比白酒更加让人不适应的就是中文流行音乐了：冗长到不知所云的情歌，充满了过度感伤、千篇一律的深夜低吟的调调。外国人很庆幸对那些中文经典情歌一无所知，无聊地坐在一旁。反过来，当外国人唱起英文歌时，中国人也会感到厌倦。反正总有半个房间的人会感到无聊，这时候只能通过好的酒水来缓解。然而在 KTV，人们只能喝到半温不冷的啤酒和绿茶加威士忌这种奇怪的混合饮品。

这个夜晚稍微有一点儿不同。作为贵客，托德和我可以先选择歌曲。因为我们选的都是英文歌，这意味着参与演唱的只有我们自己。我们先是唱了《我的双峰》，但发现这首歌并没有让气氛活跃起来，于是我们选了些更加主流的歌曲，心中希望能有人加入进来救我们一把。《乡村路》也没戏，我们明白自己麻烦了。当我们开始唱《加州旅馆》时，发现歌词成了一种怪诞的自嘲："你可以在任何愿意的时间退场，但你永远别想离开。"

越来越多的王锐军的朋友前来见证这个奇观，包括这家 KTV 的老板，一个秃顶胖男人，欢迎我们来到福建。"干杯"声此起彼伏，王锐军和我变得亲密起来。他用胳膊揽住我，说话时几乎碰到了我的脸，让我感到很不自在。有些家伙喝醉酒以后就是喜欢动手动脚。托德和我在唱歌上都没什么天赋，等新鲜劲儿过去之后，大部分看热闹的人便离开了。

"咱们走。"王锐军说。

"去哪儿？"我紧张地问。

"到下面去。"他回答。

王锐军领着我们进入明亮的大厅，然后在一扇门前停了下来。他慢慢把门推开，屋子里面有十几个人，平均年龄大概有 50 岁。

"都是我在大学时的朋友。"王锐军解释说。

他早就喝得醉醺醺了，手里还握着上个房间里的麦克风，这时突然大声喊道："嘿，大家来见见我的美国朋友——德力和托德！"唱歌唱到一半被打断的女士显然一脸恼怒，他还在继续："德力来这里是为了了解中国饮酒文化的。"那位女士继续唱歌，其他人礼貌地对我们笑了笑。

又轮到托德和我唱歌，我们不明智地选择了披头士的《我看见她站在那里》。第一句唱得相当不错，我们让歌词里的那个女孩听上去只有 17 岁，其他人也能感受到这一点。但从那儿之后，我们把歌词和节奏忘得一干二净。至于合唱的那个高音？——差了十万八千里。

一颗花生打到了我的脸，第二颗被我躲开了，但仍有花生持续不断地朝我扔来——王锐军手里还有半碗花生。现在该让托德学学什么是不怀好意的敬酒，也该让王锐军停止这一切了。我们的歌总算结束了，于是我拿了几听啤酒，领着托德来到王身边。我递给他一听，然后自己打开了一听。"干杯。"说着，我仰头一口气把手里的啤酒喝光。任何一个合格的堪萨斯人都可以一口干掉这种廉价啤酒。托德紧接着又让他喝干了下一听。我拿来剩下的啤酒，继续向王锐军敬酒。直到他的脸色开始发白，我们便没再继续，让他吃碗里的花生。

现在没有人碍事了，托德和一位女士聊了起来。她问我们能不能给她起一个英文名字，于是我们选了"罗克珊"（Roxanne，也是"警察乐队"的一首歌曲名）。如果把视线转到卡拉 OK 的画面，你会看到的是：一个烫着 20 世纪 80 年代时的鬈发式样的女人，在某座叫不上名字的东欧城市里沿街行走。MIDI 音效的背景音乐越来越响了。

如果房间里的女士们觉得我们刚刚的演唱毁了披头士，那么我们这次翻唱"警察乐队"的发挥倒还令她们满意。不过，播放系统出了点儿小毛病，《罗克珊》的音乐刚刚淡出，录像就重新开始播放。这名孤单的斯拉夫女性再一次犹疑地在街上走着，于是我们又唱了一遍这首与我们刚刚得到英文名的朋友同名的歌。等唱到第三遍的时候，屋子里就只剩下托德、我以及罗克珊（录像里那位）。其他人早就离开了。

我们叫了回宾馆的出租车，王锐军坐进副驾驶座时差点儿撞上风挡玻璃。"要不是明天得去武夷山，我肯定还会出来玩的，"他醉得连话都快要说不清了，"如果你们去苏州或深圳，记得给我打电话。我朋友会带你们好好玩一下。"

"谢谢，"我回答，"下次你去成都也可以给我打电话。"

"我不知道，"他说，"我在成都也有很多朋友。"

出租车的尾灯越来越微弱，最后消失不见。得到了持续 20 小时的疯狂热情的接待后，我们总算自由了。如果在中国当客人要付出这种代价，那就难怪客家人会跑到山里居住。

为了把王锐军灌醉，托德和我同样醉得不轻。我们应该回去睡觉，应该补充水分，这才是聪明人的选择。但我们从宾馆拿出了那包中国爆竹——托德像个白痴一样从广西背到福建来的那包爆竹。

我们把这些爆竹架在一座横跨龙川的桥上，托德把引线全部展开。确保附近没有人后，他弯下腰用打火机点燃引线。我们还没喊出"砰"，引线已经咝咝燃到底了。

我们还在找安全的地方躲避，这时一阵火光突然爆出。没有人受伤，唯一的损失是托德的打火机。通过这一大动作，我们征服了南方，画掉了名单上的米酒之乡，还很可能吓跑了在附近晃悠的邪灵。

但事实证明，我们这么想简直大错特错。

第十章　江南蓝调

　　大禹从会稽山的陵墓中俯瞰着绍兴。他的诸多事迹被历史铭记。他治理了泛滥中原的洪水，建立了夏朝，而且，令人遗憾地将中国第一位酿酒者仪狄驱逐，原因是她那美妙的发明。如果他了解绍兴后来发生了什么，那他一定会明智地选择死在别处。

　　绍兴之于米酒，如同波尔多之于葡萄酒。1895 年，居住在北京的英国医生德贞在《中国人的饮品》中写道："（绍兴）酒被认为是当今最好的酒，其味道似酸非酸，似苦非苦。"绍兴酒是一种琥珀色的黏稠甜味酒，既可以拿来饮用，也可以用于烹饪，很多驰名的中国菜肴烹饪时都要加一勺绍兴酒。

　　在一个周五雨夜，托德和我进入了一座沉睡中的浙江运河小城。由于前一夜的狂欢，旅途中的大部分时间我都感觉不太好受，相比之下，到达后遭遇的倾盆大雨实在是太令人惬意了。当时已经很晚，但还没有晚到不能找到一瓶上好黄酒和一碗麻辣小龙虾。甜与辣的美妙结合如有上天助力，一下子召唤出了与之相关的十几段美好回忆。回到江南的感觉真好。

　　作为亚洲最长的河流，从青藏高原流出的长江奔流 6000 多千米进入中国东海。它是一条公认的分界线，有史以来便分隔开中国的南方与北方，造成了语言、传统和饮食上的诸多差异。几千年以来，中国的政治与文化中心在南北方之间来回摇摆，让两种迥然不同的传统互相融合，并引发了总体上的良性竞争。

长江的入海之处形成了一个肥沃的三角洲，这里河流与运河纵横交错，极适合发展农业和渔业。从这里可以沿江逆流而上到达四川等西部省份，也可以经由大运河去往中国北方。因此，没有哪里比江南的区位更适宜创造财富。其他地区的中国人常常带着一丝嫉妒和抱怨，认为江南人太过物质和现实。没有比这里更适合作为家园的地方了，我就是在这里爱上了中国。

如今，很多中国最具活力、最繁荣的城市都位于江南地区，例如上海、南京、杭州、苏州等。但在古时候，这里则有两个势不两立的诸侯国——吴和越。

传说，吴、越的交恶始于越国的王女被迫嫁给了吴国的太子，但被吴王强暴后不堪屈辱逃回了越国。自此，两国之间开始了残酷血腥的战争。

在关键战役的前夜，越军将领将最好的美酒献给了越王。越王聚集起他的军队，将酒倒入河中，命令将领士兵饮下河水。如果他品尝到胜利的滋味，那么他们也会尝到。这一高贵的姿态激励了越国将士，他们一举击败了吴国军队。越国吞并了吴国，从而完成了江南的统一，而江南地区的文化也被称为吴越文化。

一如既往，酒起到了极为关键的作用。

在中国，历史与神话交织着流传到现在。吃过饭后，我们沿着一条安静的运河散步，不远处就是投醪河，也就是当年越王倒酒劳师的地方，至少人们认为就是这里。但谁能说得清两千五百年前发生的事呢？我们缓步走到一处开阔的庭院，高声交谈的声音从里面传了出来。透过围墙看进去，我们发现了 8 个大概 20 岁的中国人正围坐在一张石桌旁，石桌上有几瓶青岛啤酒。

这些人是同学，刚毕业于中国知名的东南大学。他们中大多数是教师，其余的人则在二线城市从事基础的办公室工作，具体行业不清楚。他们来到绍兴过周末，想放松一下情绪。这些人问我们能否帮他们喝光剩余的啤酒，我们欣然接受，于是轻松地和他们打成了一片。这些人都性格外向，能言善道，而且具有世界眼光。与他们交谈让我们恢复了一些在南方时因米酒而丧失的理智。我们聊天的话题转向了近几年中国的迅猛发展，好的方面，坏的方面。

我感觉大禹正从山上注视着我们，他一直忧虑的正是我们这种在酒精助燃之下的讨论。不过，事情的变化的确太迅速了。1949年之前，绍兴人酿造黄酒，并在城市的街头巷尾售卖，这成为家族传统，酿酒的配方和工艺代代相传。1951 年，中国政府将大多数酿酒坊合并，成立了多家国营公司，其中之一就是绍兴黄酒集团，旗下最大品牌古越龙山占据了中国黄酒过半的产量，其中包括国宴上供应的酒。

"绍兴是黄酒真正的故乡。三百六十年以来，我们一直在生产自己的黄酒。"黄先生告诉我们。他是一位酒坊老板，我们在他的酒坊遇到的他。黄先生大约 60 岁，戴着金边眼镜，染黑的头发从一侧横梳过去遮挡秃顶，但发根处已经露出白色。

当得知我们是美国人，他两眼一亮。黄先生对我们说，他爱美国，而且他的儿子就在弗吉尼亚大学读书。"美国很棒。"他熟练地用英语说，还对我们用双手竖起了大拇指。

店里的空间很狭小，除了柜台，只能勉强放下一排陶罐。黄先生走到一个陶罐前，掀起了罐口的布盖，用长勺舀出两勺酒分别倒进了两个一次性塑料杯。"尝尝这个。这种酒叫元红，是最传统的绍兴酒，是我们用糯米自己酿造的。"

我们谢过他，抿了一口这种甜中带着微苦的液体。

"如果你想得到更甜更烈的酒，就在发酵时加入更多的米，"黄先生接着说道，"这样酿出的酒叫加饭酒。"这是一种古老的中国酿酒秘技。你在一口缸中把小麦制成的曲、米与水混合，让其开始发酵，几天之后，米中的淀粉被转化为酒精。这时，向缸中再加入一定量的米。这一过程持续重复几次，直到达到一定的酒精浓度，杀死了酵母，然后最后一次加入米来增加糖分。这种方法让中国古代的发酵酒酒精度能够超过15%，而同时期的西方发酵酒最高酒精度只有10%左右。

黄先生指着另外一瓶酒："这是一种半甜的酒，叫善酿，发酵时加的是元红而不是水。绍兴酒中最甜、最烈的种类叫香雪。"我拿起一小瓶上面写着"女儿红"的酒，问他这是什么。

"（古时）在绍兴，如果生了一个女孩，她的家人就会把一坛酒埋入土中，"他回答，"等十八年后女儿要嫁人了，就把女儿红取出来，在婚礼上给宾客饮用。"红色也是中国传统结婚礼服的颜色，还代表了好运。"如果你生的是男孩，就埋入一坛状元红。等到他结婚或上大学时拿出来喝。"黄先生真是一位循循善诱的推销员，我们离开时带走了七瓶酒。

"刚刚你们有人结账了吗？"我问。

"我没付。"詹姆斯说。

"他们要钱的话应该会对我们说的。"托德猜测。我同意，这话有道理。无论如何，回去似乎都不太明智。

大约九小时之前，我的一位同样喜欢喝酒的老同事詹姆斯从上海来绍兴，参加我和托德对这七瓶酒的试饮。这次试饮是在一家名为"外婆家"的餐厅进行的。听到这个名字，你可能会以为这是一家乡村风格的家常餐馆——柳条编的椅子、花朵图案的桌布……但实际上，这里简直是一座金属架构的宫殿，内部明亮的灯光被各种金属材料来回反射，耀眼得让人想佩戴太阳镜。几名服务员和我们对视了一下，但没有人有勇气朝我们走过来。他们总是扫视店内，碰到我们的目光，然后立刻将眼神转到餐厅内的某个角落。这种回合进行了十分钟后，詹姆斯站起身，拽着一名服务员的胳膊，把他领到了我们的餐桌前。

我们三人极为审慎精确地开始了我们的试饮，每次只品尝一瓶酒。无意之中，这次试饮的过程与人们印象中的品鉴截然相反：我们从干型喝到了甜型，从甜型喝到了令人作呕的，再从令人作呕的喝到难以下咽的。这并不是说绍兴黄酒不够好，事实上，绍兴酒相当不错，尤其是加饭酒这个类别，但任何人一次能喝下的甜味酒太过有限。

我们试饮的速度越来越慢。等到打开最后一瓶的时候，餐厅里的大部分灯光已经暗了下来，夜班人员已经开始用拖布擦地了。因为迫切地想要喝完最后一瓶酒，詹姆斯对着最后准备离开的两名顾客招了招手。"朋友们，来和我们喝一杯吧。"他说。

其中一人无视了他，继续朝门口走去，但另一个人，一个身着深蓝色西服、又高又壮的彪形大汉走了过来，坐到詹姆斯身边。

"来，朋友，喝点儿黄酒。"詹姆斯说着，递给他满满一杯黄酒。

"我不喜欢黄酒，"那人回答，"我喝白酒。"

"就喝一杯。"

"好吧。"他拿起酒杯，看了看我们，"干杯！"

我脸部扭曲地把喝光的空酒杯放下。喝到现在，一饮而尽的感觉就像是干掉了一杯止咳糖浆，但这是我们的最后一瓶酒了。

"服务员！"那个陌生人喊道，"再来两瓶。"

"不用，你不用这样，"詹姆斯乞求着说，"真的不用。"

"我觉得餐厅要关门了，"我补充道，瞥见了经理脸上疲惫的表情，"我们应该走了。"

"不不不。"那人用手一挥，无视了我们的反对，语气严厉地又把要求对服务员说了一遍。几分钟之后，另外两瓶（总计一升）的甜腻黄酒被拿了过来。这个穿着西服的人又让我们干了一次杯。

我们的这位新朋友告诉我们，他来自上海，但因为工作要在这边度过很多时间。我们给了他我们的名片，但他没有拿出他的名片。"我把名片落在车上了，"他含糊地说，"等下我再给你们。"这可是个危险信号。商务名片在中国非同小可，拒绝同人交换名片被视为一种严重的怠慢行为。通常而言，不需要随身携带名片的少数专业人士有十分显而易见的理由：要么大家早就知道他是谁，要么他太有权势或极为重要，可以发号施令，只能等他给你打电话，轮不到你联系他。

他又和我们干了一次杯。这个男人说他喜欢来外婆家。像这样"有档次的饭馆"在上海要贵得多，但在绍兴你可以过得像个国王。他说我们回到上海时应该去找他。下周我们会去吗？太棒了，我们可以和他朋友去吃火锅。

我们又干了一次杯。这个穿着西服的男人开始讲起一个他在绍兴认识的女人，那人的身材比例违反了自然世界的法则。我们紧张地笑了起来，因为托德听不懂中文，我开始做起了他的翻译。蓝西服突然打断了我："你们两个为什么不能说中文？我不会说英语。"我解释说托德不会中文。这个插曲之后，他继续语速飞快地说："真有她这个人，我告诉你们。等我们在这里喝完酒，咱们就去 KTV，我让你们见识见识。"

又是一次干杯，但这次干杯踩过了界。我立刻让托德给我挪开位置，然后直奔男士卫生间。我呆呆地站在马桶前，真是虚惊一场。我往脸上扑了些水便走了出去。等到我回到餐桌时，詹姆斯已被逼入了绝境。他刚刚不小心说漏嘴，告诉对方自己在一家财经新闻机构工作，蓝西服便开始向他索要投资建议。

托德和我开始在餐桌另一边大声用英语讨论起来到我们桌上喝酒的是什么人：一个从大城市来的家伙，做着某种神秘的生意，在餐厅结束营业后还对店员大声命令，对当地的娱乐场所了如指掌，还有钱进行离岸投资。我们突然想到，外婆家有点儿像黑帮成员喜欢来的那种餐厅。我们陷入了何等的麻烦之中？

詹姆斯在一旁努力地应付着，时不时转过头对着托德和我用唇语说："救命！""帮帮我！"但我们除了继续喝酒，实在无能为力。借着这股"勇气"，我们竟然把第二瓶酒也喝光了。三番五次地被我们礼貌拒绝了去 KTV 的邀请后，蓝西服和我们一起走了出去，趁我们招手叫出租车之前拦住了我们。啊，老天，下面要发生什么呢？

他将手伸进口袋摸索着什么。"我还要给你们我的名片。"他掏出了一把钥匙。他按动了钥匙上的一个按键，一阵呼呼声传来，我们身边的一扇液压车门打开了。

那是辆旅游巴士。原来这个人是个巴士司机。

接下来去酒吧的一路上我们都要笑疯了。詹姆斯激情澎湃地唱了一首中文歌，把出租车里的所有人都逗乐了。

没错，我们喝了九瓶酒，竟然还敢去酒吧接着喝。我们居然找到了一家相当不错的简陋小酒馆，那里面出售非品牌的德国啤酒。这家小店由一对活泼的情侣经营，是两名 30 多岁的江南女性。此外，还有一位可爱的店员，托德和詹姆斯都表现出要追求她，尽管他们是在胡闹。

"你可不丑，你怎么能认为自己不漂亮呢？"詹姆斯努力地打消那个店员的疑虑，但他说话已经有些含混了。等离开时，我们喝光的酒瓶在桌子上堆得老高，甚至都看不到桌子对面。

我们离开得很仓促，其中一位店主直接把我们送到店外的石子路上。莫名的是，这中间也没人提我们账单的事，也许是托德或詹姆斯冒犯了那位店员，导致我们被踢了出来，也许是两位店主很慷慨，也许是我们以为某人付过钱了。反正，当时的我们已经丧失了推理能力。

我在一片窒息般的黑暗和疼痛中醒来。房间里安静极了，只能听见空调的运转声和其他床上传来的呻吟。窗帘边缘透进来几道光柱，虽然照出了胡乱扔在地板上的空水瓶，却无法化解这房中的黑暗。

将美酒倒入河中的越王也无法唤起我们的斗志。传说中驯服洪水的大禹也难以驱散那天早上的宿醉感。

的确，酒的作用最为关键。

第十一章　杏花民谣

小闫关掉了引擎。我从他的奥迪越野车上下来，石子在我脚下吱嘎作响。就在刚才，我们沿着一条尘土飞扬的安静街道进入了这座城镇。此处是山西省中部的杏花村镇，这不是一个需要骑着马来逛遍的小镇，而是一个骑着马走着走着就到了邻镇的小镇。一只公鸡在远处打着鸣，风吹得沙沙作响，你甚至可以感觉到这里连野草都少得可怜。

我们站在一间展览室外。窗户上装饰着五颜六色的酒瓶和中式花瓶的图案——附近有几家店铺也是这种装饰，但时间尚早，店铺都没开门。展览室的门打开了，里面正在举行一场朴素的欢迎会，领头的人是老闫。

"你比我记忆中的更胖。"他的爽直让人想发火，但我清楚，他是好意，意思是我过得还不错。尽管如此，我还是考虑了一下自己是不是应该穿一件更加宽松的衬衫。

"见到你太好了，老朋友。"我这话部分确实是发自真心的。我第一次见到闫汾冠是在两个月前的成都糖酒会（中国糖酒商品交易会）。糖酒会是中国酒类行业每年最大的交易展会。老闫是糖酒会上杏花村酒厂代表团成员，带来了他们家乡产的、世界知名的白酒——汾酒。汾酒的名字来源于其产地古时候的地名：汾州。老闫个子不高，大概有 60 岁，看上去像个农场工人，皮肤被晒得黑黢黢的，明显经过了风沙的洗礼。他讲话慢条斯理，每句话的最后几个字会在一段拔高的尾音中拉长。我的中文名字德力，在他口中就成了"德——力——"，那效果用文字难以描述。

老闫开了一家名为"古泉"的酒厂，是当地 15 家小酒厂之一。建厂二十年来，古泉规模不大但经营得很成功，每年的白酒产量大约为 500 吨，其中大部分是便宜的低端产品。我们在成都时交换了名片，他还邀请我有机会路过时去参观。我心想他心里认定我才不会费劲跑去呢。

当天早晨，我到了太原火车站。小闫和他的女朋友开着一辆黑色奥迪越野车来接我。他们穿着一样的 T 恤衫，上面都有一个卡通猴子的脑袋。一起穿情侣服是中国年轻情侣需要在公共场合共同承担"屈辱"的行为之一，其他的还包括男士拎包和穿着年代服饰拍摄写真。他们似乎很好奇，在前排车座上窃窃私语，但还没好奇到让我也参与交流。

车窗外就是我一直读到却未曾目睹的中国北方工业区：这里丘陵起伏，工厂耸立。还没到镇上，我就嗅到了高粱发酵的刺鼻气味。

庞大的国营杏花村汾酒厂正在火力全开地生产。镇子边缘的一排筒式粮仓上写着"汾酒集团"几个字。我们开上了主路，即这里唯一的主干道——汾酒大道。很快，我们就来到了闫家的展览室。

老闫像父亲一样用手臂揽住我的肩膀，领着我走向展览室后面的酒厂。酒厂由几栋狭长的低矮建筑构成，看上去像是一所军营。在灌装间，五名女工弓着腰围坐在一堆空塑料瓶前，身边摆满了瓶盖和加固零件。仅仅利用一根软管、几口油桶和一个漏斗，她们一次可以手工灌装许多瓶酒。除了时间和地点的差异，我可以想象美国禁酒令时期的私酒贩子一定就是如眼前这样操作的。老闫对一名操作软管的女工低声命令了一句，她停下手里的工作，接了一杯酒。"尝尝看。"老闫说。

简直是地狱里的烈焰。当这种劣质的烈酒像碎玻璃般滚落进我的身体时，我的食道甚至抽搐了起来。"酒精度有多高？"我深深喘了一口气。

"差不多70%。"

我的天啊。我用袖子拂去被激出的泪水。老闫领着我走进一栋规模大些的建筑，他指着摊在地上的谷物说："高粱。这是白酒独有的一道工序。先把高粱与水混合放置一夜，第二天进行蒸制，然后摊开冷却，再和曲混合。"他从墙角的一堆曲砖里拿出一块，递给我。曲砖压制紧实，大概和一本精装书差不多尺寸，表面布满纤维，遍布着白色的霉菌。"汾酒曲，"老闫解释说，"我们只用两种原料——大麦和豌豆，比例是3：2。"

这个简单的举动体现了真诚的敬意和信任。中国的酿酒人相信，白酒复杂香味的秘密源自曲。曲好比西方大厨的秘制酱汁，它将当地的生态系统封装在自己体内，每家酒厂与对手有所不同也是因为曲。曲的配方被严格保管起来，酒厂之外的人难以获取曲的样本，以防被人盗取后在实验室里复制。

我的朋友约翰在四川经营过一家酒厂，他曾告诉我，在和中国同事工作了两年多之后，他们才对他产生足够的信任，允许他进入生产曲的场所。我以前在其他酒厂提出想看看他们的曲时，他们要么假装没听见，要么回答说我是不是想让他们亮出自己的底牌。

在发酵室，老闫指了指地上挖出的几排坑洞，这些坑的直径大约有 60 厘米。石缸放置在坑里，所有的汾酒都是在石缸里制得的，缸口与坑口齐平，这样做是为了维持温度的稳定。发酵期间，坑洞被厚石板封住，再覆盖上稻糠来隔绝中国北方的严寒。"几乎所有的清香型白酒都是以相同的方法生产的，"老闫说，"山西是清香型白酒的诞生地，就像（四川）泸州之于浓香型白酒。"

我们走回生产车间时，我问老闫，他当初为什么决定做这门生意。"你说白酒生意？"他回答，"最开始我在村里当农民。"老闫的古泉酒厂开张是在 1989 年，时机非常正确。20 世纪 80 年代末是白酒的繁荣发展时期，私营酒厂遍地开花。最高峰时中国有将近 3.6 万家白酒厂，国营酒厂忽然发现自己被迫参与到竞争之中，于是它们推出了一系列眼花缭乱的新产品。然而，白酒的繁荣是有代价的。

雄心超出了能力所限，凡是能获利的方法都纷纷涌现出来，假货和质量低劣的白酒充斥着中国市场。政府做出回应，推出了更加严格的行业标准，导致许多酒厂关门，行业准入门槛越来越高。

"现在想要进入这个行业太难了，"老闫说，"你必须和一位大师学习一段时间。具体细节很难解释。"但向我展示起来要容易不少。我们所有人都回到了奥迪车上，老闫、小闫、小闫的女友、两名员工和闫家的第三代——一个穿着粉色芭蕾舞裙、可爱至极的小婴儿。我们沿着汾酒大道行进，左拐进入酒都大道，来到杏花村汾酒厂。

不熟悉中国总体经济规划为何意的人，很难理解国营白酒厂总部的意义，但杏花村给出了一个生动的例子。厂区中心有几亩精心修剪的绿地，绿地中央是一座纪念"饮中八仙"的宝塔。登塔而上，可以看到李白等人的塑像。从塔顶，我们可以一览整个酒厂的生产设施，发酵塔、谷仓、大烟囱等，向四面八方延伸开来。紧邻着绿地的，是办公楼和一排排外形相同的宿舍楼，全厂职工及其家属就住在那里。每个居民区都有一处小型运动设施和社区告示栏，上面张贴着最新的企业政策、安全警示和政府的倡议。酒厂就是一座城市，甚至比以它的名字命名的镇子更为复杂。

我们在前门上了一辆电动车，来到厂区另一边的博物馆。尽管这座博物馆距离最近的城市有几小时的车程，但参观者依然川流不息，不过大多数人对这里唯一一位外国人的兴趣要远远大于对展品的兴趣。一名带着孩童般欣喜的男士走过来对我说："Hello！"当我报以同样友好的问候后，他的声音因激动变得有些尖锐："你会说中文？"他用普通话问道。

我回答："是的。"

"你从哪个国家来？"

"美国。"

他省略了客套，直接把胳膊搭在我的肩上，伸出手比着"V"字，等着他妻子拍照。快门一按，闸门就再也关不上了。与一个身材矮小、肤色苍白的普通外国人距离如此之近，他妻子自然也不想放过这个机会，另外一个旅游团里的女士也认为这个好机会不能错过。一列队伍排了起来。对我来说，这可能有点过于热情了。

参观快要结束时，我们走进一个房间，一个穿着黄色服装的男人正在操作一个传统的木质蒸馏器。老闫领着我跨过天鹅绒绳索（贵宾的特别待遇），让那人给我们两小杯从壶嘴淌下的温热液体。这杯未经任何稀释、酒精度70%以上的烈酒又被我灌入了身体。在下一个房间，我尝到了更多浸渍酒：玫瑰精油味（酒精度45%）、肉桂味（45%）、药草味（45%）、"老白"（52%）等未经稀释的原酒（有的在65%以上）。

如果你细心计数的话，会发现这个上午我已经喝了七杯酒，其中大部分酒的酒力很大。我之前在火车上只睡了三小时，正感觉饥肠辘辘，现在最后一丝脆弱的清醒正在离我而去。我的眼前开始出现幻觉。一条龙温柔地钳住了我的肝脏。

不过，我还是振作起来——我相信自己能做到，最糟糕的已经过去了。不用多说，我们的下一站是一场白酒宴会。

"你和我喝吗？"我举起酒杯，问小闫。

"不喝，谢谢，"他回答，"我不喝酒。"

"你不喝酒？"我难以置信地反问，然后转向老闫，"你愿意他这样？"

"他想喝的时候就会喝，"老闫说，"喝酒对他的身体没有好处。他也不吸烟。"

当天的饭菜很丰盛。一道菜由大块的蔬菜和厚厚的肉片搭配少量浓稠的黑色醋汁，肉片尝起来像是腌牛肉，让我的犹太心激动了一下，但很可能只是我的错觉。我们的最后一道菜是一大盘淡紫色的胶状物，和辛辣的辣椒酱与醋一起食用。"高粱面条。"老闫解释说。清新且带有花香的汾酒和这种滋味浓烈的食物交融得极为和谐。

一个衬衫半敞开的、烂醉的陌生人把头探进了我们的包间。看到我后，他愣了一会儿，然后恍然大悟，结结巴巴地说："你，你是个……你是个外国人！"

"没错。"

"欢迎来山西。"他说着就开始对我敬酒，要祝我健康。

另一个人跟了进来，没有他那么醉，可也没好到哪儿去。他把我们的酒杯斟满，然后开始对着整桌的人敬酒。他离开时还把酒瓶落在了餐桌上。我不想喝，也喝不下更多的酒了，但迫于礼节，我还是继续喝着。

在我离开之前，老闫领着我来到旁边的一栋建筑，里面还放着油漆桶，还有裸露在外的插座，显然这里刚刚建成不久。这建筑是一栋双层公寓，是老闫为家人建造的，等彻底完工，这里将是空间宽敞、设备齐全的现代化居所。老闫说，他和妻子将与他儿子住在这里。也许有一天，小闫的女朋友也会加入他们。在中国，长子婚后与父母同住是一种传统，而且小闫的女友一直都在努力地想要融入这个家庭。她要么和闫家的小宝宝（老闫女儿的孩子）一起玩耍，要么竭力地与整个闫家融洽相处。

老闫那天话不多，但他给我看这些是有原因的。他想让我看到他的成就：酒厂、村镇、新公寓、奥迪车以及大体上幸福的家庭。这些，都是原本作为农民的他白手起家获得的。老闫因为过分谦虚而没有如此直白地说出口，但他是自豪的。他做了这一切，还有谁能挑剔什么吗？

"你生意一定很成功。"我说。

"现在外头有好多白酒，"他点了点头，"但我们还过得去。"

第十二章　黄河漫谈

随着飞机高度下降，郑州越来越清晰。这天的夜空一反常态地清透，朝四面蔓延的城市向地平线投下暗淡的橙色光芒。霓虹灯在我们下方时而亮起，又突然熄灭。我第一次从烟花的上方视角观赏它。春日时节某个不算重要的节日，也是燃放烟花的借口。

我登上一辆开往市中心的巴士，在最后一排选了个靠窗的座位（这是我自上学起就有的习惯，从未改变），打开了笔记本电脑。我身旁的一个年轻人歪过身子，读起我写下的文字。起先，我无视他的存在，直到他开始用蹩脚的英语念了起来。我瞪了他一眼，眼神意义明确，绝无被误解的余地，他反而朝我咧嘴笑了起来。

"Hello！"他用英语说，接着是让每个单词一个一个蹦出来的那句，"Welcome to China！"（欢迎来中国）他傻笑着转向了他的女朋友，在接下来的时间里开始详细地讨论起我来，好像我根本没在他们身边。我并不厌恶和陌生人的随意交谈，也没有天真得不知道一个外来者会引起人们的好奇。可最让我受不了的，是同样的谈话几乎一字未变地在过去几周内重复了一百遍，唯一的变化是口音与背景。

郑州是河南的省会，众多不为外国人知晓的中国巨型城市之一，城镇人口超过 900 万，但没有老天帮忙，美国人不会知道郑州在地图上的位置，更别提念对它的名字了。透过巴士车窗看到的景象与其他二线中国城市毫无区别：购物中心、KTV、夜总会、饭店、宾馆、广场和广场上跳着舞的七八十岁的老年人。

北方的阴郁荒凉让我越来越感到无力。我已经离开家太久，而最近的一段旅行都是我独自完成的。自从一周前在北京与托德分开，我还没有说过一句英语。我独自去了青岛、烟台、哈尔滨以及十几座中转的城市，身体状况时好时坏。我想念凯瑟琳，想念我的狗，想念我的床。我太需要好好休息了，但在火车的卧铺上很难睡个好觉。我想回家。

然而，去河南是另一种意义上的回家。这里是一切的开端，中国人在这里最早获得了酿酒技术。没有这一前提，就不会有贾湖古酒；没有贾湖古酒，就没有黄酒；没有黄酒，就不会有白酒。在某种意义上，从河南诞生的这股力量驱动着我走遍中国，而河南还为我准备了最后一个惊喜。

从郑州向北，我跨过黄河来到了新乡。三千多年前，周武王的军队就是在这里击败了帝辛。帝辛堪称中国版"卡利古拉[1]"，因酒池肉林而臭名昭著，他统治的商王朝在这次战役中被推翻了。

我的朋友兼前同事杰西卡就是在这儿出生的。她建议我路过时

1　Gaius Caesar，罗马帝国皇帝，传说是一个残忍变态的疯狂暴君，但这一说法并没有足够具体的史料支持。——译者注

拜访她的叔叔和婶婶，我回答自己会考虑这个建议。杰西卡说，她的叔叔是一位热情的白酒爱好者，就是他在她 12 岁时让她第一次尝到了白酒。听后，我立刻向她要了她叔叔的电话。

叔叔在汽车站接到了我。他个子很高，是个肚子圆滚滚的 60 岁老人，头发染得乌黑。除去他眼镜框上的人造水晶，整个人都堪称仪表堂堂。叔叔说话爽快，带着明显的中国北方口音，每当兴奋时，语调会升高，语速跟着加快。

婶婶坐在汽车后座，和她的侄女简直一模一样。她是个精力充沛的宽脸女人，脸上挂着动人的微笑，说起话口音浓重得让我听不懂。婶婶负责补给工作，确保每个人都吃饱喝好，考虑到他们为我计划的一切，这绝非易事。我们开车途中，她和叔叔语速飞快地用中文争论着，但他们对彼此的感情是那么确定无疑。和所有幸福的夫妇一样，他们十分精通如何处理这种漫不经心的分歧。

就在他们俩为了方向争执不下时，我却走了神。因为婶婶一句猝不及防的尖锐提问，我赶紧把明朝历史、食物以及其他紧迫的事件统统抛诸脑后。"能请你重复一遍吗？"我问，上唇已经汇聚了一排汗珠。如果精神集中而且运气够好，我可以从音节中分辨出她的意思。

我的语言局限早就搞砸过好多事情了。那天早上，我不经意间承诺将和杰西卡的一大家子一起吃午餐。就在我浑然不觉地沉浸在对河南博物院展出的贾湖酒器的欣赏之中时，她的祖父母已经在一小时车程外的一处饭店里等得不耐烦了。幸好，他们决定不等我了。然而，中国人的热情好客好比一辆重型卡车，一旦启动就无法阻挡。

"你喜欢吃米饭还是面条？"我们开出汽车站时，叔叔问道。

"两个我都喜欢。"我回答。

叔叔又问了一遍，好像觉得我刚刚没有明白他的话。"哦，那么你喜欢哪一种呢，米饭还是面条？"他这是在把谈话引向地域性这一危险话题。北方人喜欢吃面条，南方人喜欢吃米饭。

"米饭。"我回答，用自己的命运做赌注。

他们把我载到一家空荡荡的饭店，然后婶婶点了足够喂饱一头小象的食物。是给我们三个人吃吗？不，她回答，她和叔叔早就吃过了。叔叔把两瓶他最喜欢的白酒放到了桌上。是汝阳杜康，一款以高粱酒的传奇发明者杜康命名的白酒，产地是附近的汝阳。这是给我们三人喝的？答案依然是不。他们不喝。

"我得开车。"叔叔说。

我开足马力，奋力吃下了一碗油腻的猪肉，喝了几茶杯白酒，同时回答了他们寻根究底的提问。我从哪里来？我是谁？我为什么对白酒感兴趣？我的酒量是多少？在我看来，我那天的饭量表现让自己都感到赞叹，但婶婶不为所动。"你的饭量太小了。"她说，这不是她最后一次给出这种评价。

了解到我对中国历史的喜爱，叔叔建议我们开车去比干庙。比干就是商纣王帝辛倒霉的进谏者，也是他的叔父。比干的仁心反而害得自己被挖去了心脏，后世恢复了比干的名誉，称赞他是自我牺牲和公民品德的楷模。比干的儿子被周武王赐姓"林"，据说，中国所有姓林的人都是比干的后裔，每年，全世界的林氏族人都会来这里祭拜比干。

在比干墓高大墓冢前的石亭内，有一块被风化了的石碑，上面刻了四个汉字"殷比干莫（墓）"，意思是这里埋葬着比干。这几个字是用剑刻出来的。因为岁月久远，一些细节已经剥落了。这座石碑的历史超过两千五百年，是中国最古老的文字书写之一，也是唯一留存的孔子真迹。

石碑上的文字只有这四个留了下来，也是中国最有影响的思想家留下的唯一真迹。我们还能有什么奢求呢？圣人的遗产早已通过其他方式展现了出来，例如为人处世的态度和礼节仪式，对自我提升与社会进步的永无止境的追求。

"让我问你几个问题，"回到车上后，叔叔说，"在美国，你们如何决定一个人的地位？是根据你房屋的价格、赚的金钱，还是开的汽车的品牌？"

这叫什么问题啊？我回答说，那得看情况，每个人看重的价值和标准不同。

"不不不，我觉得你没明白，"他说，"我来举个例子：老板和员工，他们都有车。显然，老板的车必须更贵，对吧？"

"不一定。"

太阳已经开始落山，叔叔拿下了镶嵌着人造水晶的眼镜。他看着我，那表情在说：拜托，我们都是懂道理的成年人了，咱们直说吧。"但是一个老板怎么能允许员工看上去比自己还要有钱呢？"

"我不清楚。可能他不喜欢太过招摇的汽车吧。也许他有孩子，可能更愿意把钱留着花在子女的教育上，或者其他诸如旅行之类的事情上。"

再一次，他用怀疑的神情看着我："但是，如果你不用金钱或财产作为标尺，其他人怎么分辨谁才是最重要的人呢？"

我回答，我们国家有一些人，甚至可能是大部分人，会将社会地位与财富联系起来。其他人则更看重品格或贡献的公共服务。即使薪水不高，但做一名教师或从事公益会很受尊敬。还有些人根本不在乎别人如何看待自己。

"荒唐，"他摇着头说，"美国人这样的话，怎么才能知道自己该干什么？"

是啊，怎么会这样？如果我知道答案，可能就不会离开美国了。

我们开上了附近村庄的砾石路，最后停在了一家单层饭店门前。主人的朋友们早已在一个包间里等着了，这些人中有一名当地的官员以及她的儿子，还有一些身份不明的人，可能是司机，他们坐在桌子另一边。我们在比干庙的导游也在场，还有他的妻子与十几岁的儿子。导游夫妇一直督促他们的儿子和我练习英文。导游说，他儿子喜欢美国摇滚音乐，尤其是"绿日乐队"和"枪炮与玫瑰乐队"。

"我也喜欢。"他母亲腼腆地说。

我和男孩聊了两句，他说，自己忙得没时间找女朋友，我则向他保证，像他这么有品位的男孩在大学里一定会很受欢迎。

和中国大多数私人包间里的餐桌一样，我们的餐桌是圆形的，上面有一个转盘方便举行家庭聚餐。有人可能会觉得这种安排会形成一种极为公平的座次，因为所有的座位都是一样的。情况并非如此。在儒家看来，食物与酒同样重要，因此在场的所有人都得明白自己在社会等级中的位置。距离门最远的座位，也是观察人员进出最佳位置的座位，是最为尊贵的。其他座位与之距离越远，重要程度越低。通常而言，儿童或随从这种不起眼的人都是背对入口而坐的。

经过必要的推托后，我坐上了完全不应该属于我的上座。导游的妻子坐在我对面，正翻看着菜单。她问我想吃些什么，同样依据礼节，我让她来替我决定。

"你能吃辣吗？"她问我。

"我什么都能吃。"我回答。这是我犯下的众多错误中的第一个。一大盘炸得酥脆的幼虫端上了桌。我知道，我知道，炸后的食物吃起来都一样。可是，为什么是幼虫？和食物一起拿上来的是白酒。瓶盖打开，开始斟酒。

斟酒时，要先给餐桌上年龄最大或地位最高的人倒酒，最后才能轮到自己。斟茶时只能倒半杯，但斟酒时要满得差点儿溢出来才行，倒得少了会显得小气，是对客人的冒犯。接受斟酒的人则应用手指轻敲桌子以示感谢。

这个传统应该源于18世纪，当时的乾隆皇帝喜欢打扮成普通人游览全国。微服出游时，乾隆皇帝有时会给自己的随从人员倒茶，这一举动大大违反了尊卑等级。他的随从自然知道他的真实身份，便用指头叩击桌子表达感谢。这一考虑周到的动作代表磕头，表示皇帝的行为让其承受不起。如今，用手指敲击桌面的动作可以用来对任何给你斟酒的人表达谢意。

叔叔站起身，进行必不可少的开场敬酒。所有人都站了起来，举起酒杯，叔叔感谢大家出席并诚挚地请我们饮下杯中的酒。集体敬酒结束后，个人敬酒开始了。酒杯相碰时，很重要的一点是要尽量让自己的酒杯低于对方的酒杯，因酒杯位置更高的人更有面子。这常常导致两人过分谦卑，最后只好把酒杯放在桌子上一起碰杯。

无论一个人喝得多醉，等级次序都必须维持。

我低头看看自己的酒杯，开始担心起来。在南方的时候，我习惯用小酒盅喝酒，容量大概只有标准烈酒杯的1/3。小酒盅很适合一饮而尽的敬酒场合，在那种场合下，浅抿一口会被嫌弃。用小酒盅敬酒喝得仓促、快速，但至少是公平的：如果你要别人喝酒，你自己也得一起喝。北方人的作风完全不同，他们用茶杯而不是酒盅喝酒，而且对公平性采取了一种漠然的态度。

我左边的那位一头黑色鬈发，嗓门也很大，实在让人难以无视她的存在。和她一起来的儿子在一旁文静地喝着啤酒。显然，他不是从母亲那里继承这种文静的，因为他母亲以不停地给我灌酒为乐。

她先是将我的茶杯斟满，邀我喝酒，却没给自己的杯里倒酒，也完全没有拿起自己酒杯的意思。虽然有些困惑，但我不想显示出不敬，我看着她的眼神，表达谢意，然后一饮而尽。"你不用整杯都喝下去，"叔叔在一边提醒道，扮演起了善良天使，"喝一小口就行。"

"不用，我不介意。"我回答，不想表现得软弱或冒犯到她。

鬈发继续把我的杯子加满到差点儿溢出来，然后让我喝下去。这次她依然没有喝。满心好奇的我再一次重复了刚才的动作，喝干了杯里的酒。

"你真的不需要把整杯都喝掉。"叔叔说。

"不，不，没关系，我喜欢喝白酒。"我再次回答，说话啰唆起来。折磨还没结束。鬈发把我们俩的酒杯斟满，举起自己的酒杯，说："干杯！"——这也太荒唐了！

虽说再喝一杯不会把我逼到醉酒的边缘，但我可不想冒险出现可耻的一幕：从距离门口最远的座位（毫不夸张）一点点挪动到门口，然后冲刺般奔向卫生间。"谢谢，我打算慢慢喝。"我解释道，抿了一口酒。

"慢慢喝。"叔叔也重复道，咯咯笑了起来。

鬈发喝光了自己的酒，然后把杯子重重地放到餐桌上，其间还一直盯着我的眼睛。她在审判我，但我才不在乎呢。

"叔叔，刚刚到底发生了什么？"我转过头问他。

"正常来说，当你碰杯时，大家都要干杯。'感情深，一口闷。'"这是一句饮酒时的套话，专门让对方感到愧疚，好让他喝得更多，用普通话读起来很好听，"河南的饮酒文化很独特，用端起酒杯来表达敬意，而不是把酒喝光。喝酒的时候，大家碰杯，你喝，我也喝。在河南，如果有人只是端起酒杯，他是让另一个人喝，可自己不喝。"

"这种缺乏公平的做法让我不安，"我对他说，"这样主人可以让客人喝得烂醉，但自己不用喝一口酒。这不公平。"

"对，是不公平，"叔叔回答，被我逗乐了，"但这是好意。过去，我们河南人都是穷光蛋，但我们还是想尽地主之谊。款待客人时，我们想让他们先喝，哪怕最后剩的酒不够我们喝。"

差不多在此时，我又因为乱说话得到了一个沉重的教训。聊天的话题转到了酒量上，不可避免地，我的酒量自然成了谈论的对象。"就在几天前，我在北京和一个二锅头酒厂的人喝掉了一整瓶二锅头。"我吹嘘道。这是我犯的第二个错误。更加明智的做法是藏起你的骄傲，不要让人注意到你在饮酒方面的造诣。反其道行之会招致更为猛烈的报复，而我就是这样傻呵呵地走进了雷区。

第二瓶酒出现在了餐桌上。"我不确定，你们觉得我们真的要再开一瓶吗？"导游问，但还没等有人回答，瓶盖已经被拧开，有人开始倒酒。

"中国中原地区的文化是层次分明的，最早可以追溯到上古时代。"我们喝酒时，导游说道。

"经历了许多年的战争和流血，从崛起到衰落，再从衰落到崛起，积累了太多的东西。据说有四个词可以完美地描述中原这里的人：有教养、诚实、厚道和好客。我们就是这样的人。"大家都表示赞同，然后一起干杯。

我们正准备离开，鬈发漫不经心地问我想不想看看她的狗。"好啊，干吗不去？我喜欢狗。"这是我的又一步错棋，但当时并没有任何察觉——她想让我看的不是一条狗，而是很多狗，而且不是那种跳上你的大腿舔你脸的狗。她家的院子里有栋两层高的建筑，里面沿墙堆放着笼子，笼子里关着嗜血的藏獒，会对任何移动的物体狂吠。我可不想因为它们而拿到达尔文奖[1]。

鬈发领着我上楼，来到关着一对小藏獒的笼子前。虽然它们也不乏凶猛，但看上去可爱多了。它们的母亲在相邻笼子里踱着步，从一面 1.5 米高的隔墙后愤怒地对着我们狂吼，接着轻松一跃，跳进小藏獒的笼子里，露出獠牙、弓着身子准备扑过来。我惊得下巴都要掉了，两腿已经发软。

---

1 一个带有玩笑性质的奖项，该奖项的得主往往因为自己"作死"而失去生命或永久丧失生育能力。——译者注

我向后跳了一步，开始谋划着怎样才能逃命：最近的出口在哪里？哪一头看起来最迟钝？这里有什么东西能用作武器？

没什么理由支持我们继续留在这里，即使有几瓶酒下肚壮胆，我也有点儿招架不住了。

我和叔叔、婶婶一起在夜色中踏上归程。我们在周末的车流中左拐右闪，在没有路灯的乡间道路上把摩托车和三轮车落在身后。各种交通工具排成的队伍闪动着前进，只有星光照亮我们回家的路。

婶婶打来电话时，我已经喝光了宾馆房间里所有的饮用水。她说他们已经到宾馆大堂了。这比约定时间提前了 20 分钟，我好不容易才把自己如尸体一样的身躯从床上拾掇起来，接着任由叔叔和婶婶领着，参观了当地的一系列旅游景点。叔叔邀我喝更多的白酒，但只是出于一种不太认真的礼节。必要的客套意味着至少做做样子，面对我的推辞，他也没有坚持。

我们接上了爷爷奶奶，吃饭，拍照，去另一家博物馆，又去了一座陵墓，然后我们吃了更多的东西。婶婶一直在抱怨，说我的食量会让我们家族好几代人蒙羞，然后给我更多的食物。爷爷身形纤瘦，一头厚厚的白发，连他也说："我是个老头，但吃得都比你多。"我们聊了他们的侄女 / 孙女是个多么勤奋的人，还讨论了我们两个国家的各种差异。我们玩了麻将，虽然没有证据，但我怀疑他们故意让我赢。

婶婶和叔叔一直陪我到火车午夜出发。他们甚至把我送进了站台，温柔地提醒我注意自己的行李，小心身体。他们是如此可爱、慷慨。我上火车之前，他们跟我说，下次来河南记得给他们打电话。我保证一定办到。两位陌生人把我领进了他们的生活，领进了他们的家，送给我他们的酒，一切都遵循着几千年来的传统。

这便是中原留给我的难以磨灭的印象，一切由此开启。河流会干涸，山峰会变成尘土，人与传统则会永存。

第四部分

警告标签

Part 4

酒逢知己千杯少。

——中国传统俗语

Drunk *in* China

第十三章　灼人之问

一杯白酒

-

传统配方

-

给你的邻居倒杯白酒，满得快要溢出，也让他们这样为你倒酒。在室温下用小酒杯饮用即可，最好搭配食物。说完深思熟虑的敬酒词后，一口喝干。如此重复到呕吐为止。

江护士勒紧了止血带，摸索着寻找血管。"这么说，你要喝很多白酒？"她说着，找到了血管，把针头扎了进去。

"白酒、黄酒、米酒，每样都喝一点儿。"我回答。血液慢慢灌满了导管，最后进入了第一个玻璃管瓶。

"哇，你一定很懂中国酒。"她说。我并没有她想的那么懂。她盖上一个玻璃管瓶，又换上一个新的。

在开始这个项目时，我决定进行一系列体检。如果我的中国酒冒险会将我变成煤矿里的那只金丝雀，保持一点点科学的严谨性似乎也是明智之举。于是，在我动身前往茅台镇之前，我进行了一整套肝功能检查。等我两个月后回到成都，会再进行一次检查，以便评估我的肝脏损伤情况。

这么做与其说是让自己安心，不如说是为了让怀疑的人闭嘴。相当多的人都以怀疑的眼光看待白酒，乃至所有的中国产品。他们的一些顾虑的确有道理，其他的则是无中生有。当我告诉朋友和家人自己打算开始研究白酒时，他们在大笑、停止大笑、擦干笑出的眼泪后说出的第一句话，差不多是同一个意思："你会没命的。"他们预计我会收获肝功能障碍和失明。有个人甚至建议我妻子以我的名字买一份人寿保险。我努力将他们的奚落置之脑后，但没法让所有人闭嘴。

"你认为喝白酒会让人没命吗？"我总算对着江护士问出了这个问题，她顿了一下才给出答案。

"他们说，每天喝一点儿就对你的身体有益。"她这样回答，逃避了我的提问。她又伸手拿新的管瓶，我开始怀疑等抽完后，自己体内是不是还有血。

"要是每天喝很多呢？"

"很可能对你没好处。"

"但我会恢复的吧？"

"可能，"她仔细思考着接下来要怎么回答，"等你回来后，可能会想要休息一阵子。"她点点头，表示抽血完成，用一根棉签擦了擦出血点，最后贴上了一块史努比图案的创可贴。

这可不是我想要的科学保证。不过，如果我真的毁了自己的肝，科学研究或类似的目的倒是会给我带来一点儿小小的安慰。

那么，这就是问题：白酒会让你没命吗？

古人赞美饮酒对身体的益处。与浸泡的草药和香料结合后，酒几乎没有不能解决的问题，连宿醉也不例外。但持这种观点的中国医生都活跃于黄酒的年代，而白酒这种蒸馏烈酒与黄酒相比大为不同。

古代几乎不存在有关习惯性饮用白酒对人体健康影响的专著，但当时某些医生骇人听闻的结论读起来还挺有趣的。我个人最喜爱的观点来自 14 世纪的宫廷医生忽思慧。[1] 他说，饮酒过量会导致七窍（眼、耳、鼻和嘴）流血，进而致死；死前，肛门和尿道也会流血。如果没有立即死去，遭受的痛苦就会连一个老到的酷刑执行者都无法想象，这种情况被称为"流火"。

忽思慧相信饮者的痛苦是咎由自取，饮酒也对社会构成了威胁。酿造白酒需要消耗大量的谷物，会导致许多老百姓饿肚子。因此，饮酒是一种近乎危害国家的行为，所以不应该怜悯这些人。

忽思慧极不情愿地承认了烈酒具有一定的药用价值，但强调酒的罪恶难以描述。他说，有血疾的人如果不能戒酒，服下的药就没有作用；如果骨折挫伤的人饮酒，将无法恢复健康；孕妇饮酒，会产下出痘疹的婴儿，而且今后难以生育；如果有了儿孙的人仍旧饮酒，会让子孙短命；如果三代人都在饮酒，将会断子绝孙。

他的警告以苏州一个知县的故事结束。这个知县酗酒成性，玩忽职守，最后因过量饮酒而死。吊唁者按照中国的习俗向他的棺材敬酒，知县的棺材竟突然着起火来。这个任性妄为的知县的尸体被烧得什么都没剩下。忽思慧反问，这难道不是他酗酒招致的天谴，

---

1 作者对忽思慧观点的下述诸多引用，均转引自苏格兰医生德贞的《中国人的饮品》一书，其中一些无法在忽思慧的著作中发现对应的内容，可能是德贞的理解错误或杜撰。——译者注

不是他应受的惩罚吗?

忽思慧的这种让人扫兴的说法是典型的儒家观点,编造一个故事来体现自己的道德观。向来可靠的传教士古伯察就不一样了。他说,白酒"绝对是流动的火焰"——他没用任何文学修辞。

古伯察在19世纪游历了中国许多的城市和乡村,搜集了各种关于酒徒因钟爱白酒焚身而死的传说。这些人"喝了大量的烈酒,乃至身体里都充满了酒精,某种意义上,每个毛孔都散发出酒的气味",最偶然的点火行为,比如无意间点燃烟斗,都会让"这些可怜人"瞬间化为炼狱之火。虽然古伯察从未亲眼见证这种恐怖的场景,但他在《中华帝国纪行》里提到,"据诸多我们可以报以绝对信赖的人说",以上这种情况"并非难以得见之事"。

这种与饮酒相关的人体自燃传说是19世纪独有的现象。只要看看查尔斯·狄更斯的《荒凉山庄》,就能发现里面那个一直醉醺醺的克鲁克先生"命中注定,大限难逃,臭皮囊终归要腐化——不管死因有多少,他只能是死于'自燃'"。果戈理和凡尔纳这两位欧洲作家都创作过因放纵的生活而自燃的角色,连美国文学巨匠赫尔曼·梅尔维尔笔下的一个人物也差不多遭遇了同样的命运。看来饮酒自燃在那个年代是一个亟待解决的问题,怪不得古伯察如此轻易就接受了那些故事的真实性。

当时广为流行的理论认为,醉鬼身体吸收的酒精近乎饱和因而变得易燃,哪怕是细胞间的摩擦——噗!克鲁克先生就没了。对于体验过上好白酒残余威力的人而言,这种理论很有说服力。酒醉后的几小时里,白酒的味道仍然残留在口腔内,每次打嗝,那股味道会再次涌上来,没有丝毫折损。第二天早上醒来时,无论你有没有宿醉，都能闻到白酒的刺鼻气味从毛孔渗出的汗液里飘出来。关于这种不体面的晨间体验，还是少说为妙。

为什么会这样呢？为了找寻答案，我们不妨参考热衷科学精神的德贞医生的想法。19 世纪七八十年代，德贞在北京的京师同文馆教授解剖和生理学。在《中国人的饮品》一书中，德贞发现白酒的威力源于杂醇油，一种发酵过程中自然生成的副产品，"它使呼出的口气带有一股强烈浓郁的味道，并在口腔中留下一种灼人的感觉"。他说，杂醇油可以造成"脸部发红，上头，并在胃部产生灼烧感，引起失调，导致晕眩，第二天会让人感觉自己患上了急性病……尽管他可能并没有真的喝醉"。杂醇油会让神经系统发生紊乱，在酒精真正起作用之前便让人产生醉意，而且这种影响持久不散。

英文术语"fusel"（杂醇油）来源于德文单词，原意为"劣质烈酒"。实际上，杂醇油并不是一种油脂，而是多种有害物质的混合物，其中的罪魁祸首便是戊醇，这种物质用于生产加工清漆、橡胶、原油制品甚至爆炸物。这也解释了为何白酒闻起来有一种独特的工业气息。直接接触戊醇会造成轻微皮炎、头痛及呕吐等症状。相比酒精，人体要花费更久的时间来代谢戊醇，所以长久以来，人们相信杂醇油加重并延长了宿醉的症状。

在 2006 年一项引人注目的试验中，一组日本科学家将杂醇油混入威士忌喂给小白鼠，以此来测试杂醇油的影响。与常识相反，试验结果表明，杂醇油实际上减缓了宿醉的症状。更令人惊奇的是，小白鼠竟然也喝威士忌。

杂醇油也许气味刺激，还含有一些味道令人恶心的化合物，但应该不是引起饮酒者长时间不适的原因。另外，为了避免摄取这一物质便不喝白酒，这一做法不值得鼓励的原因还有一个：杂醇油不仅存在于白酒中，像啤酒、苹果酒及威士忌这种流行饮品中也含有少量的杂醇油。少量的杂醇油及相关的化合物对人体无害，甚至可以为饮品增添风味。

在德贞的时代，白酒中的有害物质也应该比今天多。现代生产工艺带来了巨大改进，我相信和所有的烈酒一样，白酒是一种安全的饮品。

至少，没有证据证明白酒会让人一下着起火来。在大多数历史学家看来，维多利亚时代广为流行的自燃现象出现的最可能的原因是过量饮酒，但实际上你并不会因为喝得烂醉而不小心把自己点着。谁能把这个算作白酒的错呢？反正我不会。

结束中国各地的豪饮之旅后，我身心俱疲地回到成都。回来后的最初几天，我大多用来补觉。但周末时，我再一次坐在了医务室的奢华桌子前，胳膊上插着抽血的针管。

"所以你喝了很多中国酒？"江护士问道。

"很多。"我同意道。

"你喜欢吗？"她问话时，眉毛扬了起来。

我又被抽了几管血。三四天后，我接到了美国领事馆美国护士长打来的电话。"我拿到了你的化验结果，"她说，"但在告诉你之前，我能问下你在这次旅行中到底喝了多少白酒吗？"

我计算的数字并不准确，但两个月来喝下的白酒应该有大约160杯。我喝下的黄酒和米酒也差不多是这个数。我听到电话另一头传来一声近乎听不见的喘息。"160杯？"她重复了一遍，"都是白酒？"

"差不多吧。"

"我懂了，"她又恢复了身为医护人员的冷静，"我们化验了你的蛋白质、尿酸、钾和球蛋白水平，所有的结果都比你第一次化验时更加健康。"

"再说一遍？"

"我们的化验结果表明，从任何指标看，你的肝脏和你离开之前一样健康，甚至更健康了。"

"你是说，喝酒让我的身体更好了？"

回答之前，护士长顿了一会儿。"两次化验结果没有显著的改变。不过，没错，你这次的血液化验结果要么和上次一样，要么比上次更好。"

我明白，我明白，"杀不死你的会让你更强大"什么的。不过，这依然让我吃惊。

"尽管如此，"她最后说道，"我还是建议你降低目前的饮酒量。"很不错的医学建议。

我在这里要插入一段后来的故事，这是我在研究之路上唯一一次因为烈酒而病倒。那是 2012 年夏至，约翰，也就是前面提到的那位经营白酒厂的瑞典人，邀请我参加北欧社群的年度仲夏庆典。庆典在一家瑞典风格的小餐馆举行，这部书的很多初稿就是在那里完成的（成都竟然有不少北欧人，还有家瑞典餐馆，这个事实让我震惊）。

凯瑟琳从她母亲那边继承了 1/4 的瑞典血统，这让我们从北欧人之中获得了一些特殊的待遇。见过了凯瑟琳的瑞典家人，并结交了众多瑞典朋友后，我可以这么说：你不可能遇到比瑞典人更友好、更为他人着想的民族，而且与他们在一起时，我从未感觉自己的犹太人身份如此凸显。来到他们中间，就好像一头毛茸茸、蠢乎乎的动物走进了精灵森林。至少，我们双方都能理解熏鱼的价值。

问题是餐馆主人丹尼和收真（也是我在白酒之路上的同行者）早就准备了大量以鲱鱼为主的食物，而且烈酒无限量供应。瑞典烈酒是传统的谷物蒸馏烈酒，主要是加入草本植物、水果和香料来加香的伏特加。这些酒可以在餐前、餐后以及就餐时饮用，而且你可以想象维京海盗的子孙喝起酒来会是何等的恣意。丹尼做了两种酒，一种混入了蜂蜜和土茴香，另一种味道更加浓郁些，加入了豆蔻干籽、茴芹以及总体上很有圣诞气息的东西。

约翰和他妻子约翰娜出现时，我已经喝了好几杯。有人开始玩饮酒游戏，我还和以前一样，主动帮约翰喝下他应该喝的酒。吃完饭，我正开心地学唱瑞典语饮酒歌曲，感觉自己比开饭前长高了几十厘米。

后来发生的事我只能转述别人的说法了，因为我真的完全记不得。似乎在某个时候，我开始口齿不清，然后我妻子把我推进了一辆出租车。回到家后，我的情况立刻严重起来，并失去了知觉。某个时候，我全身从头到脚都覆盖着深红色的皮疹，最严重的部位是双手、双脚以及某些在体面场合下不适合讨论的部位。不用多说，这不是我喝酒后的正常反应。

凯瑟琳惊慌之中拨打了美国毒物控制中心的电话。"救命！我丈夫喝了瑞典烈酒后反应很可怕。"她说话时眼泪顺着脸颊淌下来

（这是我一厢情愿想象的场景）。

"夫人，你丈夫喝醉了。"他们这样告诉她。

"不是，我见过他喝醉的样子。他现在毫无知觉，全身发红。"她的语气近乎恳求。

"他喝醉了。"他们还是这样讲。

结果证明我妻子是对的，但直到两天后，我们才发现这一点。当时，我身上的皮疹仍未消退，一位医生诊断后认为，这是我对烈酒中某种成分的过敏反应。

后来我了解到，因当晚可疑酒饮而遭遇最惨痛结局的人不是我。由瑞典烈酒引发的悲剧还有两个受害人，都是知名瑞典企业在当地分公司的管理层：大老板因为离开餐馆后想要同一名下属发生性行为而被解雇，他的副手则脸朝下从楼梯上摔了下去，得立刻赶回瑞典进行紧急牙科手术。相比他们的命运，我觉得自己只能算小病一场。

正如我之前提到的，我自小成长于传统的犹太家庭，我们的节日都是在日落时开始和结束。本着这一精神，我遭受的折磨持续到了第二天。出于某种糟糕的巧合，我恰好同成都一家重要酒厂水井坊的领导层约好在当天上午九点见面。请别介意我那时还处于严重的宿醉之中。我醒来时都不知道自己身在哪个半球，更别提在哪个国家了。

凯瑟琳真是个大好人，她确保我穿戴整齐，看上去能够见人，还用粉底遮盖了我脸上的皮疹。她对我解释了前一天夜里的一系列刺激经历，与毒物控制中心的电话等。我刚要开口道歉，她就把我推出了门。于是，我开始前往酒厂，它距离我们公寓只有三个街区。然而，她费尽心力帮我呈现的健康肤色也只维持了这段距离。

"昨晚和兄弟们动粗了吧？"我刚刚进门，水井坊的时任总经理肯尼斯·麦克弗森便对我说。我试图解释，可他根本不信。即使我当时把有关酒类作家的一切秘密全都抖搂出来，他也不会相信我的话。接下来，我参观了酒厂，然后是一场精致的白酒宴会——这次同酒厂人员在一起，但我一口酒也没喝，这是空前绝后的。哪怕出于礼貌，我都不能喝。

以上这个故事带来什么样的教益呢？在指责中国人毒害自己前，我们必须审视一下自己。无论是瑞典烈酒还是私酿酒，酒渣白兰地还是梅子白兰地，西方的产品同样并非无可指责，有问题的酒就是有问题。不管在哪里，质量低劣的酒都会让人身体出问题。

然而在谈论白酒时，某些圈子总会以一种暧昧不清、毫无理由的冲动来质疑中国酒厂，暗示相比西方同行，它们技术不够熟练或是不够仔细。他们说，喝白酒就是在伤害自己的身体。我十分不赞同这种观点，并严肃声明：如果你信了这些话，后果自负。危险的确存在，但看待问题的角度是错误的。

第五部分

有关品鉴

Part 5

普通美国人第一次走近中国人的餐桌时，都是战战兢兢的。

他的脑海中浮现出了一系列模糊的不祥预感，

类似炖老鼠肉、蛋黄酱老鼠肉等奢华美味。

十有八九，他离开餐桌时，都坚信自己知道了一些东西：

那些留辫子的杏仁眼男人是世界上最棒的厨师。

——王清福《中国烹饪》（1885）

Drunk *in* China

第十四章　再造味道之轮

黄饮一号
-
调酒师：唐·李（Don Lee）
美国纽约，Existing Conditions 酒吧
-
浓香型白酒约 60 毫升，圣哲曼（St-Germain）接骨木花利口酒约
7.5 毫升，蜂蜜糖浆约 15 毫升，柠檬汁约 22 毫升，加冰充分混合，
注入酒杯，无须装饰。

2013 年 6 月 26 日，我来到上海的元坊，这是一家别致的酒吧，
有深红色的拱形天花板、清朝木质家具和各式各样的中式风格装
饰。最初吸引我注意的，是这里的酒水单，其中有用白酒和黄酒调
制的鸡尾酒。在当时，这些酒哪怕在中国也是新奇玩意儿。一次白
酒大比拼将在这里登场——1 天之内，10 个品酒师，80 多杯白酒。

除非把中国白酒分门别类地摆在你面前，否则根本不可能理解
其品种之多：酱香型、清香型、米香型、药香型、豉香型及凤香型
等。每张桌子上都是一片小森林般的酒瓶：形状有矮球形的、高挑
的，方的、圆的；材质有玻璃的、塑料的、瓷的、陶的；颜色有红
的、金的、绿的、蓝的，但大多是红的；有高粱酒、大米酒、小

麦酒、玉米酒、粟米酒；酒精度从 20%、40% 到 65%。种类繁多，数不胜数。一旦瓶盖都被拧开、撕开，或以其他方式打开，那气味足以让人的鼻孔里的鼻毛都被燎掉。

我们的任务很简单：在味蕾没被烧化之前，尽可能多地品尝白酒。我把这些酒瓶分成了六份，大体上按照香型和生产工艺区分。另一张桌子上摆放着黄酒和米酒。桌子上还摆放着吐酒桶、用来清洗味蕾的白面包和清水，以及品鉴评分表和写品酒笔记的笔。然而，尽管表面上看起来井井有条，实际上却一片混乱。

我经常从自己的烂点子里选出最不烂的那个，这次是"写一本书"这个点子惹的祸。在这个寻味之旅的半途中，我被委托写出第一本英文白酒综合指南的重任。在他人看来，这是我的特长，但实际上我的资格实在太过勉强。我的出版商给我看了几本威士忌指南，问我是否可以为白酒编写类似的东西。

我回答，当然可以，因为我当时根本一窍不通。反正先写下来，以后再来整理细节。

我的朋友格蕾丝是一个来自雅安的四川女人。她是我的助手，工作严肃认真，从来不说废话。我们唐突地给几百家酒厂打电话，乞求对方提供酒样。有些答应了，有些问我是谁，凭什么要帮我，还有些厂家没等我做完自我介绍就挂了电话。我尽己所能拿到样品，再从当地超市和网上商家那里拼凑出剩下的东西，全部邮寄给我在上海的编辑迈克。当我赶到他的办公室时，他已被困在一堵白酒之墙的后面。

邀请名单上约有 30 名酒类作家和调酒师，但只有不到一半的人答复会出席。早上 10 点开门的时候，只有两个人出现，都是酒类作家，而且都不是来自上海［我后来得知，亨利爵士金酒（Hendrick's Gin）同一时间在上海举办了一场活动，因此把当地的调酒师都抢走了］。随着时间的推移，更多的人陆续赶来，偶尔会有路人走近观察，肯定是被从酒吧敞开的法式玻璃门里散发出的刺鼻气味吸引来的。

品鉴人员数量上的不足，在品鉴质量上得到了弥补。我们的评委至少来自 5 个国家，精通多种不同的酒类。参加者中，有葡萄酒和清酒爱好者李志延、居住在北京的高产酒类作家吉姆·博伊斯，以及中英双语杂志《DRiNK 饮迷》的编辑团队，其中有一位被称为"茅台夫人"的神秘人物。不管你怎么说，我们这些人准备把这一大堆酒试个遍。

品鉴的过程缓慢但有条不紊。我向大家解释了不同香型的酒的风格差异，并让品鉴人员自由地在房间里走动，随心所欲地品尝。为了保护我们脆弱的清醒意识，品尝的每一口酒都会被吐出来。评委对某些品牌和风格有明显的偏好，但他们大多只是对不同白酒的无穷复杂度感到好奇和兴奋。在最后的统计中，我们为每瓶酒做了好几套品鉴笔记，这就是非官方烈酒品鉴最好的地方。如果我能将我们的研究结果转化为实际的东西，那么这一突破将让我们获得一种越来越难以得到的满足感。我们将发明一种新的语言。

从未有人尝试过这样的工作。我的意思并不是说从来没有人收集各种白酒来评估它们各自的优点。中国政府从 20 世纪 50 年代开始就经常这样做了，但我做的要更进一步。

这个挑战基本来自语言，如何跨越文化界限来将白酒翻译出来。我不是要给白酒划分等级或归类，而是要为白酒创造一套原创的词语。这便是发明味道之轮。

我知道了白酒是怎么诞生的，但缺少一套合适的词语来描述它的味道。从白酒怀疑论者到白酒的拥趸，最后成为白酒传道士，我想把自己所知的一切分享给世人，让更多的人爱上白酒。但这项工作面对的主要是英语人士，他们中的大多数人甚至连一杯白酒都没有品尝过。当然，白酒这个概念包含了太多不同的内容。

白酒包含十几种不同类型的烈酒，每一种白酒的口感和气味都不相同。普通中国饮酒者，即使不知道白酒的香型和生产厂家，喝一口也立刻能认出来。如果不喜欢，他们可能会说这酒太冲或太苦。如果是喜欢，反应多半会是：很香！即使是业内人士，使用的具体评价词语也无非是醇厚（浓郁顺滑）和爽（清冽爽口），偶尔也会在口感和回味的长短上谈论一番。但更多的时候，他们只会说"真香"，一种非常不精确的描述。

从白酒的漫长历史来看，这些描述已经足够了。在进入现代时期之前，中国人喝的白酒都是当地酒厂生产的。饮酒者只需对酒的品质、力道和辛辣程度做一个简单的评价就可以了。而在更加拥挤和多样化的当代市场，消费者要求得更多。

食品学者西拉·克拉克（Sierra Clark）告诉我，在美国，波本威士忌的生产者和消费者之间也出现了类似的分歧。肯塔基州的烈酒厂厂主之间大多数的谈话，都是围绕着威士忌是好是坏、是浓烈还是清淡这样的话题，或许还包括他们是否检测到了杂醇油或其他化学物质。但是，波本威士忌在美国国内和国际的消费群体日渐扩大，他们期待更多描述性的品酒词。"现在，（酒厂）必须学习酒友们的花哨语言，才有能力描述他们的威士忌。"克拉克说。

至于白酒，因为在中文里按香型分类，所以还不能简单地以品牌来评判。1952年，政府首次尝试根据四大国营酒厂来为白酒划分香型：泸香型（泸州老窖）、茅香型（贵州茅台）、汾香型（杏花村汾酒）和凤香型（西凤酒）。这种体系的局限性和偏袒性显而易见。1979年，新的香型体系建立：浓香型、清香型、酱香型和米香型四种主要的白酒香型，以及少量的次要香型，有些次要香型仅限于某家酒厂的产品。这些名称翻译起来很棘手，而且缺乏统一性。浓香和清香是从相对浓郁度引申出来的，而酱（油）香是因为味道，米香则是根据原料。还有一些无意义的分类词，如从第一个香型体系中保留下来的"凤香"，"凤"的字面义是凤凰，你很难揣摩出神话中这种鸟的气味。

西方葡萄酒和烈酒鉴赏普遍采用的品酒笔记和风味描述，在中国却很少被使用或理解。白酒鉴赏家从不会说一款白酒有青草味或花香，不会说某款白酒带有小豆蔻和醋栗的气息。不是因为这套标准使用得不够多，而是因为它根本不适合白酒。

白酒起源于中国的烹饪传统，讲究的是豪放辛辣的味道。贵州菜酸辣味浓郁，包含各种令人眼花缭乱的腌渍蔬菜。贵州的酱香型白酒经过石坑发酵和七次蒸馏得到了烟熏味、苦味和带有泥土香的鲜味混合味，完美地彰显了当地菜肴的特点。在与贵州接壤的四川，川菜以麻辣鲜香闻名于世。四川人用带有甜美果香的浓香型白酒来中和辣味，这种白酒是在泥坑里发酵并经过陈酿的。如果吃酸辣鱼火锅的时候配上一瓶茅台酒，或者吃水煮牛肉时搭配一瓶五粮液，都是味觉上的完美结合。没有了白酒，这顿饭吃起来就如同听你最喜欢的专辑时却把低音部分静音了——好东西因为省略了其中的什么而变得奇怪。

这一背景极为重要。如果饮者不知道某家酒厂所擅长的香型，那么一款酒的成功之处就会被误认为是败笔。例如，剑南春这样精致细腻的浓香型白酒，带有热带水果、白胡椒和八角的香气，没有经过专业训练的人闻到，可能觉得那气味像是油漆稀释剂。而像杏花村汾酒这样的北方清香型白酒，闻起来有炙烤香草、菊花和松针的气息，对于不习惯吃高粱面拌陈醋的人来说，可能更像火箭燃料。要想察觉到酒款的香气与食材、植物等的相似之处，就必须训练自己的舌头。

翻译上的脱节不仅仅是审美偏好冲突的问题，也是文化预期的问题。在中国烹饪中，餐酒搭配是为了达到一种平衡，不仅仅是餐桌上的饮品和菜品之间的平衡，还要讲究单个饮品和菜品各自内部的平衡。

每一款白酒都是勾兑的产物，勾兑有时会用到 100 多种独特的原酒。因此，酒厂最有价值的员工就是勾兑大师，他要在每一次的勾兑过程中都能得到理想的风味的复杂度和深度。浓香型白酒的典型香气包括凤梨、苹果皮、甘草和青草味，这便是各种原酒完美勾兑后的结果。但是，对于没有受过训练的西方饮酒者来说，这种混合味道就会变成一种不和谐的杂味，或者用我的叔叔拉里的话说，"就像六种味道同时存在"。

这表明我们各自的文化不仅在如何描述一种味道上存在分歧，而且我们对什么使一款酒值得喝也存在分歧。这是一种根本性的分歧，甚至让我怀疑是否存在相互理解的可能。然而在葡萄酒方面，我们做到了，而且做得很好。

自文明之初，中国人就开始尝试葡萄酒，但并未形成对葡萄酒的持久喜爱。直到近三个世纪，随着西方殖民主义者的到来，欧洲风格的葡萄酒才在中国站稳了脚跟，但直到最近三十年，这类葡萄酒才开始在中国广为流行。从 1999 年到 2008 年，中国葡萄酒市场平均每年以 20% 的速度增长。2014 年，中国成为全球最大的红葡萄酒市场。1949 年，中国只有 7 家现代化的葡萄酒厂。现在，在中国销售的葡萄酒中，国产占比高达 80%。

这一结果并非偶然。一种外来饮品得到广泛饮用，很大程度上要归功于早期的葡萄酒生产者和教育者引导中国消费者进行的适应性尝试。多年来，葡萄酒教育者已经学会了根据当地消费者的喜好来调整自己的品酒笔记，他们用李子、中药和高汤代替西方品酒笔记中常用到的黑醋栗、草地早熟禾和海盐等葡萄酒描述用词——采用在中文语境下能让人理解的东西，而不是试图强行使用外来文化中不实用的语言。"当探究的对象本身不是文学那样的文本，而是一种短暂的或在交往过程中被消耗的对象，比如美食，"西拉·克拉克在《流动的酒液》中写道，"行为人必须通过共有的词汇和稳定的价值话语来传达他们转瞬即逝的感觉。"

我希望自己的团队在上海创造的是这种稳定的话语：与其把贵州茅台的咸鲜味比喻成醋汁圆白菜，不如用老抽酱油来描述；奇异果和菠萝比火龙果和荔枝更能引起英语受众的共鸣。伍斯特辣酱油可以用来替代豆酱——一种用黑豆和辣椒发酵而成的独特调味品。那米呢？好吧，就继续用米吧。别想太多。

这一解决方案并不完美。采用盎格鲁中心主义的语言来描述中国白酒，仍然无法让西方的酒类鉴赏家与中国人进行有意义的讨论。如果没有一种通用的语言，我们可能喝着同样的酒却依然话不投机。"一个稳定的词汇库为味觉群提供了一种基础，划分了味觉在群体中的归属和地位，"克拉克说，"那些具有该领域规范的感官的人，以及那些能够将公认的词汇应用到他们的味觉体验中的人，是合格的味觉群体成员。"

但做起来很杂乱。我不需要带来启示的罗塞塔石碑，只需要一个起点。我只是想开个头，别人会在我们的基础上进行改进。而更多好奇的酒类爱好者会很快开始将中文术语（包括香气描述及其他所有的一切）融入他们的教育中。"味觉是一种合作性的努力，"克拉克告诉我，"我们在舌尖上体验到了一些东西，但我们如何表达，就会影响到对它的体验。"

只要白酒存在一种通用语言，只要它能让人们思考世界上其他人如何饮酒，这就足够了。具体的细节可以以后再整理。

现在回想起来，我不禁怀疑，我们在上海付出的努力是不是建立在一个虚假的基础上？难道一种通用语言真的有可能揭示出品饮的客观真相，而这种品饮的过程必然是个人和主观的？对味觉的共同理解需要两点：第一，酒饮必须存在一种内在的物理特性能够被品酒者识别；第二，品酒者被相信具备独立辨别酒饮特性的能力。

白酒的香气和味道都是可以通过科学方法检测来确定的。最近，研究人员利用气相色谱技术检测出了白酒中的数百种化合物。来自上海交通大学和国家固态酿造工程技术研究中心的团队对泸州老窖酒厂的 18 种浓香型白酒进行分析后，发现它们共有 300 多种芳香族化合物。科学家发现，存在最普遍的化学物质是己酸乙酯和乙酸乙酯，而这两种物质也恰好是凤梨中的主要芳香族化合物，因此，可以说国外浓香型白酒爱好者常说的凤梨糖味道的主观感受是有实验基础的。

任何香型的白酒都可以通过其分子构成来描述。乙酸乙酯，味道尝起来像梨汁，是洗甲水的成分之一，在北方的清香型白酒中，乙酸乙酯的含量尤为丰富。带有潮湿泥土香的酱香型白酒中含有高浓度的糠醛，糠醛是一种咸味的化学物质，尝起来有些类似麸皮或是微微发臭的苦味啤酒。

白酒的化学成分差异可以归因于很多因素——生产工艺、原料，但最重要的就是当地的微气候。2018 年，中国农业大学的一项研究指出，造成清香型白酒果香的主要菌种之一的乳酸菌，并不存在于白酒的任何原料里，而是存在于空气中。而且，空气中的乳酸菌含量会随着季节的变化而变化。所以说，白酒的味道和气味不仅取决于生产工艺和地点，还取决于制作时间。

然而，搞清这些分子是如何组合在一起的比味觉更让化学家感到兴奋，而且不能将饮酒体验与饮酒者分离开。味道的体验从来都不是孤立的，它是复杂的组合。

幸运的是，我们拥有了一种远比现代实验室中所能找到的仪器更精确可靠的工具。"事实上在鉴别化合物方面，舌头是一种比任何科学化验室设备都更为精准的仪器。"西拉·克拉克说，许多较大的波本威士忌生产商都配备有经验丰富的品酒师团队。人的舌头不是次于实验室设备的备用仪器，它是我们最好的工具。气相色谱仪可以分离出化合物，"但也只能精确到这一步了，有些味道我们可以在舌头上辨别出来，而形成这些味道的只是几个分子而已"。

精心安排的品酒如果不能反映出实际的饮酒体验，反而会让人觉得做作。在正常状态下，我们不会把品尝的酒吐掉，也不会总是在喝酒之间清理味蕾。我们啜饮、品味和享受，更重要的是，我们体会到了酒精的作用。"悬浮在酒液中的化学物质与身体的反应跟体验值是分不开的，"克拉克写道，"虽然品鉴者无视摄入量的影响，宣称酒精的影响是稳定的，因而不影响判断，但在日常实践中，醉酒的体验和感知价值密不可分。"

关于"矿物味"或"细微蔬菜气息"的酒评并不能让很多人体会到从一杯白酒中得到的愉悦。白酒带来的醉意是一种不同的醉意，令人振奋和狂野。它是只有在和朋友们一起大汗淋漓地吃火锅时，才会有的一种无处不在的酣畅。"我喝白酒不是因为它的味道或气味，"一位我在成都的中国朋友曾经说过，"我喝白酒是为了看到神的模样。"他的话让人感到战栗，但又让人安心，因为他的话回应了酒的古老起源——石器时代的降灵会。

白酒的真理只有从远处看才会显露出来，而且永远无法以一种淡化的形式被欣赏。这又是另一个真理了。那是"竹林七贤"和"饮中八仙"的道家真理，这一真理只有通过饮酒才能知晓。"不知有吾身，此乐最为甚。"李白是这样说的。

上海白酒大比拼的一年后，我在北京三里屯对为数不多的听众做了一场中国白酒的讲座。当时，我的英文白酒指南刚刚出版，在朋友的书店里做宣传。我在介绍白酒的精妙之处时，喜欢带着酒样让大家品尝。我尽量手头都带着1979年时划分的清香型、浓香型、酱香型和米香型这四类白酒。难免地，品尝者会不喜欢其中至少一种（通常是清香或酱香），而喜欢剩下的至少一种（通常是浓香或米香）。

对我来说，哪种白酒胜出并不重要。我的目的就是要让品尝者的脑海中植入一个理念：不是所有的白酒都是同等的。这听上去似乎没什么，但这是解读白酒的第一步，在中国这样的地方尤为重要，因为有太多的外国人对白酒抱持负面印象。如果他们能够学会把白酒看成烈酒的一种，而不是什么高深莫测的中国之谜，这在我看来就是一个小小的胜利。这标志着谩骂诽谤的结束，也代表着对话的开始。

当我在书店角落里结束书籍签售的时候，一个30多岁的美国人向我走来。他身材矮壮健硕，发际线靠后，头发剪得紧贴头皮。他叫比尔，在内蒙古和河北做奶牛人工授精的生意（不是他本人动手）。几年前，他在离我们谈话之处不远的地方经营着一家小有成就的酒吧。他告诉我，他很喜欢这次讲座，很喜欢品尝到的白酒，并产生了在北京开一家白酒酒吧的想法。不知道该如何认真对待这个给牛授精的恳切家伙，我告诉他，我觉得他应该这么做。我会去那里喝酒的。我们握了手，交换了名片，但直到很久以后，我才又想起他。

我那会儿更感兴趣的是房间对面角落里发生的事情。品酒会结束后，我把还没喝完的白酒瓶放在几张高高的桌子上。酒瓶周围聚集了一群人，大多是年轻人和外国人。他们手里拿着纸杯。他们边喝边互相敬酒，有说有笑。

几天后，我回到了弗吉尼亚州的阿灵顿。我和凯瑟琳在2013

年底就离开了成都，这一次没有任何回中国的明确计划。经过这么多年的分离，与朋友和记忆再次团聚，想再次离开就更难了。我感觉自己会永远留在这儿了。然而，在北京的所见让我心动。

也许有一天，我回到的那个中国，会是一个外国人不带着讽刺目的喝白酒的地方，只有外国人或只有中国人光顾的酒水店会像北京的骡车一样消失在历史长河中。也许，只是也许，有一天我可以不用飞越大半个地球就能品尝到我最喜欢的中国白酒。

那真的会是意义非凡的大好事。

第十五章　排斥

1878 年，巴黎举办了世界博览会，西方各殖民大国齐聚一堂，盘点它们的财产，而实力普通的国家则争相抢夺席位。正是在这一次世界博览会上，世界第一次看到了自由女神像的面孔；在这里，维克多·雨果（Victor Hugo）主张制定国际版权法来保护作家的权益；在这里，世界采用了路易·布莱叶（Louis Braille）的盲文系统，让盲人可以阅读作家的作品；在巴黎，亚历山大·格雷厄姆·贝尔（Alexander Graham Bell）等人推出了电话、扩音器、留声机和弧光灯（钨丝灯泡的前身）。其他的展会内容就不那么有启迪意义了，如"黑人村"，一个住了 400 名居民的"人类动物园"。

这是殖民主义的最高"境界"，白人至上主义者触碰的一切都会变得暗淡无光。即使是像品酒这样善意的消遣，也无法幸免于这一群体的傲慢。这是有记录以来白酒首次登陆欧洲，人们给予的"热情"反应是可想而知的。

乔治·奥古斯塔斯·萨拉（George Augustus Sala），他的狂放不羁让他成为维多利亚时代英国最受欢迎的作家之一。他在《巴黎恢复了正常》中描述了 1878 年至 1879 年的这一幕："专家们发现，天朝'美酒'的味道是如此的残暴可怖，在做出各种扭曲的表情和经历了可怕的不安后，他们打算不再尝试任何中国的烈酒。"随后，一个评委想到了个"巧妙的点子"。如果欧洲人的口味适应不了白酒，为什么不找能适应白酒的人替他们做出评判？他们需要的是一个中国人，任何中国人都可以。他们随便找来一个路人，通过"哑剧式的比画"来与之交流，并按照以下的方式颁发奖章：

当一杯酒样被递给这名天朝人士，如果他饮用时露出狰狞的厌恶表情，这款酒的得分就是 0。如果这个中国人的脸色出现了拿不准的表情，那么这款烈酒也因他的迟疑而获益，被评为"荣誉奖"。允许我插一句，最近一个失望的法国参展商给这一奖项下了定义：比被打了俩耳光还要差，但比被踢下楼好一点儿。然而，如果这个未开化的中国小子两眼闪闪发亮，还舔了舔嘴唇，那么这款（白酒）马上就被授予铜质奖章。最后，如果他爆发出喜悦的赞叹，用手赞许地揉着他的肚子，这款幸运烈酒便被授予银质奖章。

似乎，按照巴黎人的标准，白酒要想拿到金质奖章是遥不可及的。萨拉的英国读者会心一笑，他们在世界的领先地位再次得到了巩固，然后重新穿上丝绸睡衣，在中式茶杯里的茶水还没变凉时，就把"残暴可怖"的亚洲货忘得一干二净。

但他们似乎没有意识到——历史也近乎完全遗忘，那些评委并不是第一批喝中国白酒的欧洲人。远在世界另一侧，他们的同胞早已产生了由衷的喜爱。

第一次被证实的"白酒热"发生在 19 世纪初。似乎没有人记得它发生的原因，可能是因为那些喝了白酒的人并没有把他们喝的东西称作白酒。这段插曲在网络上搜索不到，所以如今那些坐在沙发里做研究的人也不会知晓。

在鸦片战争前的中国，欧洲人的贸易活动仅限于广州的一小块区域。外国来的船只停靠在那里的时候，水手第一次尝到了一种叫"三烧"的饮料。最初，三烧指的是三清烧，一种经三次蒸馏的米酿白酒。但是，当时英国政府的弗兰克·布朗（Frank Browne）指出，这个词"泛指所有以中国工艺生产的烈酒"。

有些外国人对三烧嗤之以鼻。1885 年，化学家查尔斯·E. 芒塞尔（Charles E. Munsell）说"它不符合白人的口味，因为它的味道和气味都像变质的牙买加朗姆酒"。1912 年，美国科学家霍兰德（J. H. H. Holland）写道，三烧"有一种奇特的刺鼻和难闻的气味，使其不适合用于某些用途"，让读者不禁猜测这些用途到底指的是什么。《泰晤士报》驻上海记者布兰德（J. O. P. Bland）也抱怨说，三烧"简直臭得要命"。

不过，来自不同文化背景的水手之间的差异并不大，而白酒也正是在他们的肚子里得到了热忱的款待。1836 年，英国皇家外科医学院的查尔斯·图古德·唐宁医生（Dr. Charles Toogood Downing）随英国海军前往中国。三烧在中国随处可见，以至于舰队司令命令军官们"尽可能防止船员接触到三烧，因为'发现三烧对人体有毒'"。

根据唐宁在《中国的陌生人》一书中的描述，白酒虽然辛辣刺激，但根本谈不上危险。问题是，那些臭名昭著的白酒贩子在他们的货品中掺入了不健康的肮脏成分。然而，在死亡、受辱和几个月没酒喝之间，我们可以想见英国水手做出了何种选择。他们选择喝酒。

英国人一直是七大洋上最能干的走私者之一。他们绕过了舰队司令的禁令，把一只桶拴上绳子从船舷放下，送到白酒贩子的舢板上。贩子收了钱，放上酒水，然后划船离去。整个交易过程没有一句交谈。另一种普遍的贩卖技巧是，当地的"茶叶"商贩上船兜售他们的商品，为了避开禁令，他们宽大的袍子下面藏着一袋袋装着酒的猪膀胱。还有一种古老的偷梁换柱法，水手们在港口偷偷地把几大桶三烧装上船，假装在搬运压舱物。

在广州下船休假时，水手们经常光顾开满了酒行的猪巷。酒行的装饰是外国风格的，还写着中国老板的外国名字——"好汤姆、杰克或杰米"。唐宁说，中国人"用他们的三烧灌醉（水手），良心上没有感到一丝愧疚；毕竟，如果顾客因喝酒而死，死的也只不过是些番鬼（洋鬼子），还是没钱的番鬼，这更不值得他们可怜"。

水手因大量饮用掺假劣质酒而陷入了"荒谬癫狂"的状态，沦为了扒手和其他流氓的猎物。但最严重的危害出自这些醉鬼自己。训练有素的水手只要遇到最轻微的挑衅，都会变得暴躁起来，把一家三烧店翻个底朝天。唐宁在猪巷目睹了这样一起事件："一个男人正唱着粗俗的歌曲，但被他的一个同伴打断了，因为那个同伴一拳打在了他的脸上，而这一拳本来是要砸向一个过路的中国人。这起事故引起了更大范围的骚动，很快当地人和其他外国人都参与了进来，直到许多人伤痕累累，醉酒的人躺在了地上才结束。"

大多数因白酒引发的打架斗殴都会以刮擦瘀青这种轻伤收场，但有时也会导致更为严重的后果。1839 年，九龙发生了一起导致一名中国人身亡的酒后骚乱，英国政府未能惩处此次的肇事者，这一事件引发了第一次鸦片战争的前哨战"官涌之战"，进而导致了英国殖民主义在东亚地区的扩张。

一如往常，战争只会导致更多的饮酒和不良行为。19世纪的《泰特爱丁堡月刊》批判地记述了英国侵略者的行为："（舟山）有大量被称为'三烧'的酒，士兵们喝得烂醉如泥，不省人事，只好动用整整一个连甚至一个团的人把他们抬上船。"描绘了随后发生的烧杀抢掠后，作者悲叹道："军事荣誉这种华而不实的摆设，就是以这种代价获得的！"

在酒醉混乱中，尽管危机重重，中国人依然是礼貌的东道主。"风筝"号1840年时在舟山失事，中国人虽然将船员囚禁了起来，但他们很在意船员的"口渴"问题。船员约翰·李·斯科特（John Lee Scott）这样回忆他们在监狱中度过的圣诞节，囚犯们"说服了老狱卒，允许我们喝一些三烧酒，一种用大米酿造的酒，味道很像杜松子酒。我们过了一个超出预期的圣诞节。晚餐后，我们把狱卒请进来喝酒，祝愿他身体健康"。狱卒感动至极，还给他带来了一条羊腿，并允许他们"想喝多少三烧就喝多少"。

清醒的头脑偶尔也会占上风。远征军司令休·高夫（Hugh Gough）少将说，他在香港的士兵面对烈酒的诱惑时坚守住了他们的尊严。只要发现一箱"有害的液体"，士兵就会立即把这些装着酒的罐子砸得粉碎，"没有发生一起醉酒事件"。英国人竟然在抵抗美酒诱惑上取得了罕有的胜利，但当地村民不大可能欣赏他们的行为。

在比较和平的年代，尽管欧洲烈酒早已进入中国，英国皇家海军仍在赞颂白酒的美妙。19 世纪 70 年代初，小罗伯特·黑斯廷斯·哈里斯（Robert Hastings Harris, Jr.）中校（后升为海军上将）途经香港，一位广东富商盛情款待了他和他的一位同僚。根据《从海军学员到海军上将》一书中的描述，那天的菜肴包括燕窝汤、鱼翅、油焖鸭子和老鼠，还有一盘哈里斯认为"美味可口、易消化的"狗肉。我们从这一点可以推断出，哈里斯要么是个胆大的食客，要么就是皇家海军的伙食已经将他训练得面对最可怕的饮食也刀枪不入。

就使用筷子来说，他们"当然不是专家"，但哈里斯和他的战友就着白酒用筷子吃光了 16 道菜。稍事休息后，主人告诉哈里斯，还有 16 道菜要上桌。"我稍微有些惊讶，"他写道，"但我们勇敢面对，而且挺了过来。"他好奇地注意到，每个男人的身后都站着一名中国女性，她们嗑着葵花子，偶尔从身前的碗里喝几小口三烧，然后再把碗里剩下的酒倒给客人。哈里斯很快就向读者保证，"这些贵妇的行为符合礼节"。哈里斯这样总结：

第二天，我和我的兄弟军官比较了一下我们的日记，发现他和我一样，也很享受这顿喜庆的中式宴席，也喝了大量的"三烧"。我们得出一个结论——那酒可真不错，并由此得出了进一步的结论——在大型宴席上只喝一种饮品就是安全的好习惯。我们之前当然没有想到，在我们的消化器官承受了这么大的负担后，我们还会感觉如此之好，因为在第二次进食结束时，我们已经撑得"结结实实"了。

从有关三烧的各种记述中，我们发现欧洲人不仅觉得这种酒很有吸引力，而且为了这种酒，饮酒者不惜冒着受致命伤、被偷窃和军事审判的风险。这种酒的威力如此之大，既能引发战争，又能弥合文化上的鸿沟。

我们注意到了一个看似矛盾的现象：殖民主义者恰恰是中国白酒最热心的支持者。也许是因为英国水手会喝掉任何摆在他们面前的东西——根据我们对他们的了解，这还真说得通。可能是因为这些较早来到中国的外国人沉迷于白酒，无论处于什么阶层和地位，这些人都是浸润中国文化最深的人。

不知从什么时候开始，一切都变了。三烧，以及来访者对它的热情突然都消失了。取而代之的是一种敌意，其程度远远超过了最初喜爱的程度。也许这只是一个时间上的问题。随着欧洲殖民主义者的入侵，外国人越来越倾向于对中国人以及他们的风俗习惯和产品不屑一顾。

这是一个与"黄祸论"、《阴险的傅满洲博士》一样古老的故事。当外来者遭遇到中国文化中具有挑战性或令他们感到陌生的一面时，会做出反感、敌视和不信任的反应。不去寻求理解，他们反而编造出了复杂的幻想，来容纳他们心中最深处的恐惧。

哪怕他们在广州、上海等地建立了租界，让中国人在自己的国家沦为二等人，西方殖民主义者还以"赐野蛮人以文明"为借口给自己的行为辩护。他们无视中国人已经建立了自己的文明，一个比欧洲更古老甚至更成熟的文明。在西方人眼里，汉人是不信上帝的异教徒，是不可理喻的恶棍。根据当时传播甚广的流言，汉人是以吃婴儿肉为乐的食人族。

这样看来，现在西方世界对白酒的看法如此之淡漠，是不是也就不足为奇了？很少有中国之外的人听说过它，而那些听说过的人也大多抱着鄙视的态度，就像我曾经那样。

如果有一个思虑缜密的旁观者，他一定会感到迷惑不解：一种被世界上人口最多的国家消费了几个世纪的饮料，怎么可能既成为世界上最畅销的酒，又在国外仍旧不为人知？

白酒怀疑论者声称，如果白酒有任何优点，那我们为什么不喝它呢？所以它一定是劣质的——外来货、恶心甚至是有毒——不配与其他世界名酒相提并论。提到白酒，居住在中国的外国人会说同样的话。

"上周的婚礼上，我勉为其难地喝了很多。真的太难喝了。"

"我尝试了所有的白酒，从来就没发现好喝的。"

他们称白酒为"飞机燃料"和"脱漆剂"，美国在线俚语辞典《城市词典》称其为"纯蒸馏液液体形态的恶魔"。但西方人对白酒的看法，有多少是来自酒本身，又有多少是来自饮酒者呢？

"阿兴先生在王家巷十三号开了家食品杂货店。他以最好的态度对我们一行极尽好客主人之职，"马克·吐温（Mark Twain）在《苦行记》一书中写道，他在1864年前后访问了内华达州弗吉尼亚城的一处华人聚居区，"他有各种各样的有色的、无色的果酒和白兰地，无法念出它们的名字，都是装在小口的陶罐里从中国运来的，他用小巧玲珑的瓷壶儿盛着酒招待我们。"马克·吐温拒绝了阿兴提供的香肠，因为担心里面有老鼠肉，但在喝"白兰地"的过程中——他成为有记载的第一个喝白酒的美国人——对白酒的评价很好，他也最早注意到一些不那么光鲜的东西：排华偏见。

马克·吐温说，到了 19 世纪 70 年代初，该地区的华人移民常常被诬告，成为白人罪犯的替罪羊。写《苦行记》时，他刚刚看到一个华人在旧金山被人用石头砸死的消息，事件发生时当地人却冷漠地围观。那时，美国西部的华人移民人数已经超过了 10 万。在爱达荷领地，华人占全部人口的 1/4 以上。华人移民首先被加州"淘金热"吸引来，后来因横贯大陆的铁路建设而迅速增加。在 1869 年最后一波"淘金热"之后，华人开始向城市迁徙。

虽然华裔相对来说比较和平守法，一部分白人却仍视他们为一种威胁。1876 年，代表旧金山在美国国会发言的弗兰克·M. 皮克斯利（Frank M. Pixley）将华人描述为"终生不变也是不可改变的异己分子……败坏所在社会的风气，并造成危险"。

这些人的恐惧凝结了种族主义。美国白人开始对美籍华人进行骚扰和攻击，而且美国西海岸地区发生了多起针对华裔美国人的私刑虐杀事件。凶手很少受到审判，几乎从未被起诉，例如 1887 年导致 34 名华人矿工遇害的俄勒冈州地狱谷大屠杀。马克·吐温认为，排华仇恨来自社会的下层民众："只有人渣败类才会这样做，他们和他们的孩子。警察和政客自然也是如此，因为这些人是专门投那些人渣所好的皮条客和奴隶，在美国其他地方也一样。"

由于缺乏语言能力或法律地位来保护自己，许多中国移民逃到了美国东海岸、中西部等地。几项歧视性的排华法律陆续出现，最终形成了 1882 年的《排华法案》，该法案事实上禁止中国移民来到美国，并剥夺了定居在美国的华人获得公民身份的权利。1892 年，《吉尔里法案》延长了先前法案的效力，并增加了一条规定，要求美籍华人必须随时携带有照片的证件。十年后，美国国会无限期延长了该法案。

1880 年时，美籍华人大概有 10 万人，到 1920 年，这一数字降至 6 万以下。差不多在同一时期，在餐馆工作的华人从几百人猛增到 1.1 万多人，纽约市中餐馆的数量也从大约 5 家增加到 100 多家。同样，美籍华人占领了美国东西两岸的洗衣店市场。

他们从体力劳动行业转入服务业的动机，与其说是出于工作机会，不如说是出于对种族主义的恐惧。1902 年，美国劳工领袖塞缪尔·龚帕斯（Samuel Gompers）的小册子《排华的一些原因：肉与米，美国男子汉与亚洲苦力——谁应该存活下去？》是关于美国人对华人就业的想法的最好总结。正如美国华裔作家李竞（Jennifer 8. Lee）在《幸运签饼纪事》中解释的那样，"清洁和烹饪都是妇女的工作，华人从事这些不会对白人劳工构成威胁"。

在中国人被制度化地排斥在美国社会之外的时代，中国菜却成为美国人生活中不可或缺的一部分。在不到一个世纪的时间里，中国菜成为美国饮食中最大、最受欢迎的品种之一，但和美国人之间始终有一种距离感。

"中国风味传入了美国，但并没有成为美国风味，我们仍然称它为'中国菜'，但它已经完全是美国口味的一员了，因为那味道我们完全熟悉，"食物历史学家肯·阿尔巴拉（Ken Albala）说，"每个人都知道它，几乎每个人都喜欢它，但它在美国成为一种独特的存在，在人们印象中，中国菜是一种独立于美国饮食之外的烹饪，因为华人并没有占据主流的工作岗位，他们没有被美国文化同化。"

美国的中餐无处不在，却仍然被看作外来品。这个事实也蕴含着白酒走向国际的关键。然而，它不仅仅是一份路线图，更是一个警示性的故事。在发生在美国的这趟中国美食之旅中，我们看到了文化、口味、阶级和政治如何共同塑造了我们对自己消费的东西的看法。

1848年2月，"美国之鹰"号从广州驶往旧金山。这是第一艘运载中国移民到美国的船只。到第二年底，一份旧金山报纸报道约有300名华人聚集在杰克逊街的广东餐馆周围，这里后来成为世界上最著名的唐人街。广东人，尤其是那些来自广州和附近的台山县的广东人，在接下来的一个世纪里构成了美国华人移民的绝大多数。他们带来了他们的文化、他们的语言、他们的医药（蛇酒等），更特别的，是他们的食物。

很快，各个种族的加利福尼亚人被门外飘扬的三角黄绸旗吸引，开始光顾被他们称为"chow chow"[1]的中餐馆。1851年，英国矿工威廉·肖（William Shaw）写道："旧金山最好的餐馆都是由中国人开的，而且是以中国人的方式经营的。"他说，这道菜"口味超好"，但提醒读者，他"不敢详细询问食物的成分"。所以从最初起，我们就能发现，尽管中餐对美国的各族食客具有明显的吸引力，但得到的仍是惶恐和谨慎的对待。

对一些加州人来说，对中国人的不信任是无法克服的。在1868年旧金山的一本杂志上，诺亚·布鲁克斯（Noah Brooks）提到中国人时说"少有西方人忍受得了哪怕是他们最精致的菜肴"，而同时代的其他作家也提笔对豆腐的罪恶进行了抨击。中国菜不光

1　Chow 是粤语中"炒"的谐音。——译者注

彩的名声，跟随着中国人传遍了美国。1883 年，《纽约时报》刊登了一篇关于中国人是否吃老鼠的调查性报道。

据传记作者斯科特·塞利格曼（Scott Seligman）说，王清福是著名的美国华人记者，"一个站起来、敢于挑战白人的家伙"。他悬赏 500 美元给任何能提供切实证据证明中国人吃老鼠的人，但没有人接受他的挑战。1884 年，王清福在为《布鲁克林每日鹰报》撰文时说，中国人喜欢吃老鼠、猫和狗的说法是一种"虚构"："中国的穷人，有时也会像每个国家挨饿的人一样吃这些东西，但在大饭店里，这些东西并不属于公认的食物。"

十多年后，在路易斯·贝克（Louis Beck）的《纽约唐人街》中，作家卢西恩·阿德金斯（Lucien Adkins）说起带着一个朋友去了一家中餐馆。当菜端上桌时，朋友"确定里面有老鼠，因为民间一直流传着中国人吃老鼠的说法"。这个朋友用叉子把菜扒开检查后才冒险吃了一口。最后，他不仅宣布中国菜不含鼠肉，反而沉迷其中，甚至怀疑里面掺了"让人上瘾的药"。即使经过检查和品尝，美国人似乎也不愿意接受中国食物未掺假这一事实。

华人并不是唯一一个与他们的食物一起遭受偏见困扰的移民群体。和华人一样，美国的意大利移民也生活在不与盎格鲁-撒克逊人混居的社区中。他们被人指责不愿意接受同化，是对现行法律秩序的威胁。

19 世纪后半叶，美国人第一次尝到了意大利食物的味道，现在回过头看当时那种恐慌的反应，简直难以想象。当时的大多数美国人相信意大利烹饪中普遍用到的番茄是不健康的食物。有一项研究称，番茄是致癌的。大蒜也未能幸免，美国人认为过于辛辣的食物会导致神经系统崩溃，甚至引起酒精中毒。混合有肉类、谷物和蔬菜的意大利面酱据说不利于消化。

意大利人的厨房被认为不卫生，这也是意大利移民公众形象差的主要原因。人们真心相信，如果意大利裔美国人能够做好卫生，开始吃健康的食物，他们就能走出贫民窟，成为对社会有贡献的人。甚至到了 1955 年，詹姆斯·比尔德（James Beard）也发表过类似的言论——这个评论家的名字如今已经成为美食媒体精英的代名词，他曾说过一句很有名的话：法国火车上的伙食"比意大利的所有食物都好吃"。

但是，华人移民与意大利移民之间存在着关键性的不同。1880 年至 1920 年的四十年间，虽然《排华法案》使华裔人口从大约 10 万减少到了 6 万，但这期间有超过 400 万的意大利移民来到了美国。到了 20 世纪 20 年代，意大利饮食已经形成了明显的优势，意大利菜谱开始出现在流行的家庭烹饪杂志和烹饪书上。坎贝尔汤业（Campbell's）、亨氏（Heinz）和卡夫（Kraft）这些大型食品企业都开始销售大量味道寡淡的"意大利风味"面条，时髦的意大利餐厅开始在全美各地的都市里涌现。现在，意大利菜已经成为美国人最珍视的美食之一，它摆脱了早先的贫穷内涵，已然成为精致料理世界的一员。

20 世纪 20 年代，中餐馆也如雨后春笋般涌现，一方面是因为餐馆工人可以钻移民法规的漏洞，另一方面是由于一种叫"炒碎"的中餐。这是一种完完全全的美式"中餐"，大约在世纪之交时首次出现，是在米饭上撒上混有肉的酱料。但是，中国菜仍难以摆脱其外来食物廉价和肮脏的名声。

这也是中国菜的主要魅力所在，中国菜的廉价让其他新移民有机会外出就餐。许多中餐馆收班时间很晚，在基督教节日里也照常营业，这让它们永远在美国犹太人的心中占有一席之地。

很多我童年时最快乐的饮食记忆，都与在堪萨斯城时和我的犹太家庭一起在宝翎饭店吃饭有关。每次我会点同样的菜——糖醋鸡肉和蛋花汤。在中国，酸甜可口的糖醋做法并不多见，而且通常都用来烹饪猪肉，虽然美味不次于鸡肉，却不太容易得到犹太人的青睐。这种家族聚餐是桑德豪斯家的必备仪式，它迫使挑食的我进入一个充满各种滋味的世界。直到后来，我才发现其中的可贵之处。

最终，中国菜不仅成为美国犹太人珍视的食物，也得到了美国人的广泛喜爱。对于上流社会的非犹太人来说，唐人街和那里的餐馆是一个逃避现实的仙境，人们可以在那里体验一种淳朴的生活。

编造一个虚假的故事比纠正误传要容易得多。即使中式美国料理已经从炒碎进入左宗棠鸡乃至更高的层次，它仍然被顽固地赋予了一种异族性和低劣感。

有关谷氨酸钠的各种错误认识，清楚地体现了这一点。1908年，一位日本科学家试图复制他妻子做的汤中的鲜美味道，发明出了谷氨酸钠这种咸味调味料。它是一种美味的添加剂，中国人称其为"味精"。但在美国，它的名声完全不同。

1968年，一个医生在写给《新英格兰医学杂志》的信中称，味精引起"颈后部麻木，会逐渐扩展……全身无力和心悸"，这种情况后来被称为"中餐馆综合征"。随后的几封信也提到了摄入中式食物后的类似症状，没过多久，反味精情绪就开始在美国蔓延。

后来的许多医学研究证明，味精是无害的，但一些中餐馆仍不得不打出"不添加味精"的广告，许多顾客也抱怨说自己患上了这种综合征。然而在临床试验中，同一批顾客食用含有味精的食物但被告知食物中不含味精时，他们没有表现出任何症状。

这可能是反安慰剂效应的一个例子。与安慰剂效应相反，不良反应的暗示会导致真正的不良反应。同时，患者倾向于拒绝承认与他们的认识矛盾的数据。正如达特茅斯学院教授布伦丹·尼汉（Brendan Nyhan）在接受民调分析网站"538"采访时说的那样："吃了中餐后感觉不好的人，可能会把原因归咎于味精……并在过后抵制任何关于真相的信息。"

因食物产生的偏见的影响是有据可查的。2015 年的一项关于美国五座主要城市食品安全违规行为的研究显示，针对某些种族风味餐厅的检查和这些餐厅的违规次数，都明显较多，其中亚洲餐厅和拉美餐厅位居最前列。研究人员指出，在某些情况下，从违规行为的类型和数量可以准确地预测该餐厅是属于何种风味。报告还指出，在所有类别中，食客对亚洲菜的信任度最低。但报告也认为，违规次数多可能与设备、文化和语言差异以及非西餐烹饪手法等差异有关。

值得深思的是，华裔和拉美裔，特别是来自墨西哥的拉美裔，属于美国最古老的族裔群体，但他们仍然是美国政治排外言论的主要攻击对象。他们的食物很早便成为美国饮食的一部分，而且就像李竞说的，像左宗棠鸡和墨西哥卷饼这样的菜品就是美国本土菜，并非外国菜。然而，这些菜品被永久地归类为"异国料理"。

许多东方的烹饪方法，即使很卫生，检查人员仍给出较低的评分。这就形成了一个负反馈循环：检查人员会倾向于找亚洲厨师的错误，并对他们完全合乎安全标准的做法进行处罚，检查人员会多次跟踪回访，并做出更多的处罚，越来越多的违规次数对餐厅的得分十分不利。

然而，糟糕的得分并不能及时预测危险。2004 年美国疾病控制和预防中心的一项研究显示，餐厅得分和食物中毒的发生率之间没有任何关联。虽然很多顾客报告说是亚洲食物引起了他们的各种不适，但这往往是一种归因错误。像沙门氏菌、大肠杆菌等引发的最常见的食源性疾病在人体初次接触受污染食物后 1~8 天才会出现症状，食客们往往认为是他们最近吃的一餐让他们生了病，但通常情况下，接触食物的时间远远早于他们的怀疑。我们对自己所吃的食物的想法、感觉，甚至是身体的反应，似乎部分来自社会建构的观念。数据恰好证明了这一点。

克利什南度·拉伊（Krishnendu Ray）是纽约大学斯坦哈特学院食物研究学系主任。1988 年，读研究生的他从印度移民到美国。虽然当时他没有什么烹饪经验，但他发现烹饪帮他架起了知性主义与日常生活之间的桥梁，也证明了烹饪是获得印度食物最可靠的途径。食物与移民的交集成为他研究的重点。他很早就发现，"移民来到美国之后，无论男女，他们在做饭、打扫卫生等生活习惯上正极力向美国人靠拢"，但美国人对不同移民群体的饮食的反应却大相径庭。

在《少数族裔餐馆老板》一书中，拉伊认为，决定人们对移民群体饮食看法的，主要是该群体的经济和社会地位，而不是食物的内在质量。"没有什么行为比轻视一个群体的社会角色更能起到轻贱其饮食文化的效果，"他说，"穷人、居无定所的人很少会被赋予文化资本。"为了勾勒出全球各种不同饮食的文化轨迹，拉伊研究了从 19 世纪 80 年代到 2010 年期间的《纽约时报》《洛杉矶时报》和《芝加哥论坛报》等媒体报道中反映出的不同饮食的受欢迎程度。他还通过研究不同族群饮食的餐厅在米其林（Michelin）、扎加特（Zagat）和菜单页（Menupages）等美食指南中出现的次数和相对价格来评估它们的声望和社会价值。拉伊由此得出了一种"口味等级制度"。在这个制度中，一个特定族群在经济上的成功，无论是实际的还是想象的，都反映在社会赋予该族群食物的文化价值上。

拉伊的研究表明，在调查期间，中国菜一直是美国人讨论最多的三种饮食之一。其受欢迎程度在 20 世纪后半叶明显下降，但最近再次上升。李竞指出，截至 2007 年，美国约有 4.3 万家中餐馆，比麦当劳、汉堡王和肯德基餐厅的总和还要多。

然而，在声望方面，中国菜在拉伊的排名中垫底，纽约几乎有一半被调查的中餐馆被归类为廉价餐厅。但中国菜也有相当数量的"昂贵"和"非常昂贵"的餐厅，这一点在低声望类别的菜系中显得尤为特别，名声横跨"高级餐饮"和"贫民窟饮食"两极。总的来说，1984 年至 2014 年期间，中餐在扎加特价格指数中的最高排名为第十名（总计十六）。

同一时期，纽约唯一一直比中国菜更受欢迎的食物是意大利菜，但其价格指数的排名也从未低于第五。在不到一个世纪的时间里，曾经同样被轻视、被厌恶的少数族裔群体之一的意大利裔美国人，已经为自己赢得了一席之地。他们之中出现了很多受人喜爱的运动员、音乐家、演员和政治家。他们开始被美国主流社会视为白人，并开始表现出主流社会对非白人群体的种族主义态度。拉伊认为，这一变化拉大了意大利裔美国人与其他移民群体之间的距离，并推动了意大利菜地位的提升。

鉴于这段历史，我们可以推断，欧洲白人烹饪应该是最容易获得声望的。但是，这不仅仅是种族的问题，还有经济和阶级的问题：自20世纪90年代以来，日本和韩国料理的价格都急剧上涨，当时日本和韩国的经济飞速发展成为国际关注的焦点。当公众开始将财富与这些国家联系在一起时，这为它们的美食提供了更多的文化资本。

因此，要想让中国菜摆脱美国低端餐饮的形象，需要考虑两个因素：一是中国经济实力的不断增强，二是华裔进一步融入美国主流社会。第一点已经成为现实，我们也有理由对第二点感到乐观。

《排华法案》和随后的歧视性措施严重阻碍了华裔美国人数量和政治力量的增长。19世纪80年代初，华裔美国人就已经超过了10万，但在1943年《排华法案》被废除后才又恢复到这一数字。1965年的《移民和国籍法》生效前，每年最多只能有100名华人可以合法移民到美国。直到20世纪90年代，华裔人口才突破100万。

今天，美国华裔人口有330万到460万。有证据表明，变化已经开始发生了。"我可以看到变化正在缓慢出现，"拉伊在一家意大利小酒馆（居然是这儿）对我说，"现在大约有20家有趣的中高端和高端中餐馆，那里的常客都是有钱的年轻专业人士，他们也是舆论引领者……最终这些经济体都要产业升级，因为别人正在廉价劳动力上打败他们。这在中国已经发生了，"他说，"所以，从这些国家出来的人也会变化，从穷人变成专业人士。而且这些经济体出口的货物也会变化，开始有越来越多的资本增值产品，不再是廉价的玩具，不再是纺织品，不再是塑料品，而是更高一层的产品。"

我问拉伊，他认为中国菜需要多久才能在美国饮食界摆脱不光彩的形象。

"我的感觉是再过二十年就可以实现，如果中国未来可以继续保持目前的发展。"他回答。

我不禁想到，中国白酒会和中国菜一样，得到更加公正的对待。在 2015 年《纽约时报》一篇关于白酒的文章下，评论区中有人把白酒比作飞机燃料、煤油、毒药、卸甲水、下水道清洁剂、勃艮第奶酪和垃圾堆流出的咸水。另一些读者评论说，白酒进入纽约是左派的阴谋，目的是蒙骗那些好骗的赶时髦人士。有人甚至怀疑连中国人都不喜欢白酒。评论区是网络上的阴暗角落，但这种态度代表了当时大多数关于白酒的英文文章的态度。"我在这里的一些评论中读出了一种偏见，"一位读者总结说，"造成偏见的可怕原因并不局限于食物和饮品。"

对许多人来说，白酒是一种经过逐渐适应才能喜欢上的味道，同时它仍然是一种被十几亿人共同喜爱的味道。认为中国人故意生产和消费一种令自己厌恶的饮料，是荒谬的，也是自视优越的。这种观点是在假定中国的酒厂不是无能就是恶意，认为中国的饮酒者要么太过固执，要么太过愚蠢，不敢尝试其他酒饮。

或许，社交压力影响了中国人的饮酒习惯。然而，这并不是他们喝白酒最主要的动机。2015 年，市场研究公司英敏特（Mintel）对数千名中国饮酒者进行了调查，只有在感觉到被逼无奈时才会喝白酒的受访者，所占比例还不到两成。在我看来，几亿喜欢喝白酒的中国人的意见，其重要性不亚于外国人的看法。

这种讨论并非意在让批评白酒的人羞于启齿，而是要强调在一种文化真空的环境中，他们做出的判断过于苛刻。我第一次接触到白酒的时候，和《时代周刊》的读者一样，对白酒不屑一顾，也说了很多贬低白酒的玩笑话。我不能说自己之所以这样做是因为我在美国中西部这种文化环境相对单一的地方长大，但不能排除这种可能性。

还有更大的历史趋势需要考虑。在华人移民初到美国时，同时代的很多德国和爱尔兰移民经营了不少酒馆和酒吧，而当时只有男性才会光顾这些场所。这种生意超出了当时华人的经营能力，从而阻断了白酒接触到主流饮酒者的主要途径。

幸运的是，在中国，传统上白酒是在餐馆里供应的，这可能会成为白酒传入美国的渠道。事实上，有一段时间，事情似乎一直在朝着这个方向发展。《国家论坛报》1888 年有一篇关于纽约唐人街餐馆的文章，"中国人总是在吃饭时喝酒，饮用时，他们把装在锡罐里的米酿烈酒倒进一个小杯子里"。同年，王清福在纽约《太阳报》上讲到了对一家即将开业的高档中餐厅的规划："所有重口味的菜品都会配以葡萄酒或其他蒸馏烈酒，其中有几款非常好的酒。"他单独提到一种浸渍白酒，"类似于我们最好的白兰地，即使喝起来不比白兰地更令人享受，味道也更加丰富。"

不幸的是，中国菜在美国主流社会逐渐流行的时间，恰好赶上了美国禁酒运动的兴起，并导致了 1920 年至 1933 年间的全国禁酒令。白酒因此从美国的中餐馆里销声匿迹。

然而，如果没有《排华法案》及其催生出的排华情绪，白酒在美国仍然可能经历一段不一样的历史。

现在和过去的美国华人移民，大多数都是来自中国东南沿海地区。这些地区的中国人相比烈酒，更喜欢喝清淡的酒，而美国的中餐饮食基本不存在与白酒复杂风味有关的刺激性发酵味道。碎片化的中国白酒行业直到 20 世纪末才发展成熟。

与意大利烹饪的对比也有其局限性。今天的美国人可能喜欢喝金巴利利口酒（Campari），但很少有人对更传统的意大利烈酒——酒渣白兰地（Grappa）更感兴趣，这种酒与某些风格的白酒有明显的相似之处。

更接近的类比，应该存在于白酒和以龙舌兰汁酿造的墨西哥烈酒之间，例如龙舌兰酒和梅斯卡尔酒（Mescal）。尽管这两种酒的名声一度令人生畏，但在国际酒饮界早已有了显赫的地位。我希望白酒也能走出一条类似的道路。

我们不知道原本会发生什么——机会的错失已经改变了历史——但也许很快我们就会发现可能的机会。

厦门大学教授庄国土在 2017 年接受《日经亚洲评论》采访时估计，目前在中国境外居住的华人已经有 6000 万，这个数字在世界各国人口排行榜上可以排到 20 多位，这个群体拥有的财富总计约 2.5 万亿美元。他预测，未来二十年内，美国华裔人口将达到 1000 万。美国人的口味将不可避免地随着人口结构的变化而改变。

事实上，这一转变正在顺利地进行。亚洲美食是美国餐饮业发展最快的品类之一，一个更加成熟的市场正在形成。在这个市场中，食客可以体验到各种中国地方美食，高级中式餐饮不再是稀罕事物。

"要到很久之后，大多数美国人才会把中国的饮食与精致高级联系起来。"拉伊说，"但在短期内，会出现一些民间美食家，他们会对中国烹饪尤其是酒饮非常了解，因为中式烹饪在美国很少得到深入的调查和审视，所以它将变得极为重要。五年内就会应验。这类情况并不常见，也不会广泛影响到大部分人，而是局限于那些追求和寻找奇特酒饮知识的人。因为关于这些东西的知识十分稀少，至少在西方世界还是如此。"

总有一天，美国对白酒的厌恶可能会像过去对大蒜和番茄的厌恶一样，成为一种离奇的老派习惯。但在那一天之前，传播白酒依靠的仍然是一种信仰。无论世界上其他国家如何厌恶白酒，我们这些足够乐观的白酒传道者，必须采取任何必要的策略来推进这一事业。

第十六章　酒吧一席

"中国人喜欢喝这种可怕的酒，尤其是北方人，简直像喝水一样大口痛饮。"传教士古伯察在《中华帝国纪行》中写道，"你很难想象中国人喝这种灼人的饮品时会有什么乐趣，这些酒如同液态的火，而且非常难喝。"古伯察对白酒的态度相当典型，即使他了解白酒的方法与大部分外国人都不一样。

被称作于克神父的古伯察在 19 世纪 40 年代初从广州出发，大约同一时期，广州的外国毒贩们拉开了第一次鸦片战争的大幕。古伯察对中国的语言进行了深入研究，为了在当地人对白人的接触几乎为零的地区显得不那么陌生，他特地穿上了当地人的衣服。古伯察北上北京，然后向西穿过大半个中国，进入西藏，最后在 1846 年回到了广州。

虽然难以避免所处时代的局限，但在某些方面，古伯察的想法和心胸开阔得不同寻常。他本人甚至喜欢开一些恶作剧式的玩笑。

在谈到当地生产的米酒时，他指出，虽然外国人普遍不信任米酒，他们"总会对中国生产的米酒做出先验性的判断"，但他决定试验一下他们的看法。他将几瓶"品质卓越"的中国黄酒送给一位英国品酒行家来评价，这个人"不仅觉得这酒品质极佳，还说这些酒是绝佳年份的西班牙酒"。

古伯察听之任之，任由这个试验继续下去。这位鉴赏家将这款黄酒作为甜点用酒，招待了一些英国客人，他们发现了"西班牙葡萄酒的真正味道和香气"。

在揭露西方人对中国酒的偏见的同时，古伯察打破了阻挠中国酒在世界范围内被接受的最大障碍。虽然他本人并不是东方酒的粉丝，但他的试验暗示了白酒可能的发展路径。改变外来酒的语境，使其看起来更为熟悉，内在的抵触心理就有机会被打破。

这就是尼尔·埃亚尔（Nir Eyal）在《上瘾：让用户养成使用习惯的四大产品逻辑》一书中称为"加州卷法则"的理论。在20世纪70年代之前，美国几乎没有人吃寿司。后来，将一个陌生的概念（吃生鱼）与熟悉的概念（牛油果、黄瓜、芝麻、蟹肉）重组后，加州卷出现了。标准的紫菜海苔片（陌生的）被隐藏在米饭（熟悉的）外表下。"加州卷的道理很简单，"埃亚尔在博客上写道，"人们并不想要真正的新东西，他们想要的是用不同方式制作的熟悉之物。"

这自然会引起人们对"原汁原味"的质疑。把一个东西改变多少才能将其变成别的东西呢？美式中餐再次提供了一个颇有启发意义的模型，一百多年来，中餐馆的经营者对食物进行调整来适应食客的需求，饮食从来都不是存在于真空中的。我倾向于认同李竞的观点，她在《幸运签饼纪事》中写道："'原汁原味'是一个被食物势利眼所宣扬的概念，并不能反映出人们日常烹饪和饮食的真实情况。烹饪从来都离不开对食物的即兴加工和改良。"

白酒要想找到西方受众，要想在北美、欧洲等地成为主流，就必须有人承担起开辟道路这种出力不讨好的重任。最先这么做的人不光要找到受众，还要培养受众。将新的东西引入一个不太热情的环境时，他们必须创造出一种语境。他们必须把"陌生"变成"陌生却熟悉"。

这需要创造力和奉献，但世俗之见认为，这是可以做到的，而且不乏感兴趣的人争先恐后，问题是到底哪种方法可行。

2015 年 8 月 8 日，一个无云的夏夜。我带领着一支小分队穿过曼哈顿的休斯敦街。和我一起的是一群朋友，有些是我在大学里认识的，有些是我之前居住在布宜诺斯艾利斯时认识的。我们在一家帽子店前停下，下方挂着一个手绘木牌子，上面写着两个中国字：酒馆。

沿着铁楼梯走下去，跨过门槛，进入一间漆黑狭窄的门厅。右边是一堵露出砖块的墙，左边是一条长长的木吧台。室内亮着爱迪生灯泡的怀旧灯光，吧台上还放着 DJ 操作台。吧台后面摆放着在西半球让我印象最为深刻的各式白酒：不仅有常见的牌子，还有鲜为人知的西凤酒、衡水老白干等品牌，以及一排又一排的自制药酒。这就是美国第一家提供全套服务的白酒酒吧——Lumos（有光）。

调酒师主管奥森·萨利切蒂（Orson Salicetti）是个很好聊天的委内瑞拉人，络腮胡修得很整齐，头发朝后梳成紧紧的马尾。18岁时，他离开加拉加斯，穿梭于欧洲和美国之间，学习餐食服务和调酒，后来在纽约的酒吧里崭露头角。他通过一个共同的朋友认识了 Lumos 的联合创始人李奇帆（音），两人因白酒结缘。李奇帆认为白酒是一种将中国传统文化呈现给新受众的新颖方式。

对奥森来说，用一种鲜为人知的亚洲烈酒制作现代鸡尾酒的挑战和潜力，被证明是不可抗拒的。"白酒是一种高度酒，这是第一大挑战，"他在 Lumos 刚开业的时候对我说，"你需要熟悉并享受白酒的香气和味道，在不牺牲任何一者的前提下，使它们在鸡尾酒里达到平衡。"

在鸡尾酒中，白酒个性强烈，特立独行。它拒绝与其他成分融洽相处，对任何试图掩盖其辛辣味道的尝试都不以为然。你必须细心哄劝它与别人在酒杯里共存。在酒杯中，白酒永远不会扮演任何主角之外的角色。

我第一次喝到白酒鸡尾酒是在 2006 年 12 月 31 日，也就是我到中国仅仅几个月后。有几个同事邀请我们几个去了一家酒吧，用英语老师的预算喝到了所有可以喝的经典鸡尾酒。我们成了被捉弄的对象：所有的基酒都被换成了最便宜的白酒。最后的味道当然不会好。

多年后在成都开始喝白酒的时候，我自己做了一次业余的调酒实验，但从来没有达到预期的效果，只有更多的失望，最后只能白白倒掉。

直到遇到保罗·马修，我才开始改变想法。那时我在北京，还在为了完成我那 300 杯的目标而在中国到处奔波。我刚刚去了一家二锅头工厂，吃了一顿气氛相当沉闷的饭。我当时的状态，在保罗回忆时被委婉地描述为"吃多了"。保罗也是一位外交官的"随行配偶"，但他比我有成就多了。他在伦敦的酒水界已经颇有名气，很快就成为北京的首席调酒师。

他在白酒中看到了蕴藏的潜力，白酒的各种口味很难在其他酒饮中找到。但是，受众问题依然存在。通常情况下，外国人都避免喝白酒，而中国人虽然喝白酒，却是纯饮，做梦也不会想到要把白酒和其他饮品混在一起。在鸡尾酒酒吧里，这两类受众都无法摆脱各自的包袱。

我却没有这样的矫情。当我走进那个瘦高个子英国人进行炼金术实验的酒吧时，我把一瓶二锅头清香型白酒和一张红彤彤的百元人民币钞票拍在吧台上，告诉他，如果他能把酒瓶里的东西变成可以喝的鸡尾酒，这钱就归他了。

保罗点了点头，镇定地开始了自己的工作。他手里的动作此起彼伏，让我应接不暇。少量柠檬汁，小半勺糖浆。他在工具箱里寻找着，拿出了一只新鲜的百香果。他刨出些许冰，然后像挥动千斤重锤一样摇晃着混合器。越过水槽里一堆用过的工具，他把一个装满了明黄色液体的碟子滑过吧台，等待着我的回应。那液体清洌优雅，带着柑橘气息。太好喝了。他驯服了白酒那如同火焰般看似无法驯服的口感。现在，保罗在伦敦的两家鸡尾酒酒吧（"The Hide""Demon, Wise and Partners"）里还放着几瓶白酒。

回到纽约，在洞穴般的 Lumos 酒吧里，萨利切蒂推荐了"芝麻飘香"（Sesame Colada）。这是一款冰镇黄色鸡尾酒，装在瓷质茶杯里，上面撒有黑芝麻。浓郁的果香从杯中跃起，但芝麻的坚果香让其不会太过轻浮。美味，但我品尝到的下一款饮品，一款丝滑的杏仁鸡尾酒更加美味。每隔一段时间，奥森或他的兄弟就会端着一盘小酒杯，里面盛着分别浸渍过各种香料的白酒：罗勒、土茴香、四川花椒。和鸡尾酒一样，每一杯酒都是越喝越好喝。

然而，我不禁注意到，除了我带来的人外，酒吧空无一人。偶尔有其他人走进来，坐下翻看菜单。只有一队顾客留下来点了饮品，喝过一轮之后就离开了。我们喝完了第二轮，趁着滑稽歌舞表演开始之前走了，表演的观众大概都是服务员和门卫。

如果善意地解读，可以说这家酒吧引领了潮流，有个不错的概念，但它还在寻找喜欢它的受众。如果不那么善意，我们可以说这家店在自掘坟墓。事实上，我到访之后，这家酒吧的生意越来越差，最后关门倒闭。2018年春天，它在纽约下东区作为一家餐厅重新开张，但不久后再次关闭。

但 Lumos 只是美国白酒鸡尾酒故事的开始。当这家酒吧关闭时，全美已经有几十家酒吧和餐厅提供白酒鸡尾酒了，主要分布在纽约、洛杉矶和旧金山，西雅图、波特兰、波士顿等地也有。

无论如何，Lumos 都不是第一家白酒鸡尾酒酒吧。在它开业的一年前，一群创业者抢先在北京开设了世界上第一家以白酒为主题的酒吧——首都酒坊（Capital Spirits）。比尔·艾斯勒（Bill Isler），就是前文提到的那个给奶牛授精的人，是这家酒吧的首席调酒师。两个德国人，烈酒企业家马蒂亚斯·黑格尔（Matthias Heger）和国际发展工作者约翰内斯·布劳恩（Johannes Braun），以及美国公共关系专家西蒙·当（Simon Dang）是他的合伙人。多年来，首都酒坊一直是北京人和外籍人士喜爱的酒馆，因为它肯花时间教育消费者，并根据他们的口味定制产品。

后来，在英国利物浦和阿根廷布宜诺斯艾利斯又分别出现了一家白酒酒吧。从香港到多伦多，从波士顿到西雅图，能喝到白酒鸡尾酒的城市逐年增多。白酒也开始受到国际媒体的关注，不仅仅是《人民日报》等中国媒体，还有《纽约时报》《华尔街日报》《时尚与美容》《花花公子》《好胃口》等外国媒体，甚至包括"严肃饮食""食客"等热门美食博客。

那天夜里我来到 Lumos 是为了庆祝吉姆·博伊斯组织的首个"世界白酒日"。吉姆曾参加过上海白酒大比拼，并担负起了白酒狂热爱好者的职责。他曾连续在 3 个大洲超过 15 座城市安排了 20 场活动。活动的数量稳步增长，在写作本书的时候，世界白酒日将迎来 5 周岁的生日。"和任何新的潮流一样，我们必须对其有耐心，"Lumos 的萨利切蒂告诉我，"人们需要时间慢慢喜欢上像皮斯科白兰地、梅斯卡尔酒、卡恰萨甘蔗酒这样的酒，这些酒几年前在西方国家并不流行，而现在在鸡尾酒界风头正劲。"

在我开始走上白酒之路的时候，跨国烈酒企业集团也来到了成都。2007 年，四川多家白酒厂与英国的帝亚吉欧、瑞典的葡萄酒与烈酒集团（后被保乐力加收购）、法国的路威酩轩这三家全球最大的烈酒企业建立了合作关系，前两家在中国的白酒业务分别是由肯尼斯·麦克弗森和"王牌贱谍"约翰·西蒙松领导的。

剑南春上市后不久，路威酩轩集团入股了其旗下的文君酒并取得了控股权。对这家法国公司来说，这笔买卖很划算，因为路威酩轩通过向中国人出售白兰地赚了一大笔钱，并认为进军白酒可以进一步增加收益。遗憾的是，白酒是在酒店和餐馆里销售的，而白兰地这样的西方烈酒则是在酒吧、夜总会和 KTV 里售卖的，这两个市场几乎没有重合之处。

文君酒在被收购时早已衰落。正如查理·本森（Charlie Benson）在《酒饮商务》杂志中指出的那样，文君酒"从来就不是一个重要的白酒品牌"，消费者在同一价位会选择更加知名的品牌。路威酩轩似乎没有预见到这些问题，项目一开始就停滞不前。一位不愿透露姓名的业内人士称，路威酩轩强行要求轩尼诗的分销商在购买干邑白兰地的同时还要购买文君酒。路威酩轩只是整理了账目，甚至懒得去挖掘客户，文君酒只是放在仓库里积灰。在经历了十年的销量持续下滑后，2017 年，路威酩轩悄然将股权卖回给剑南春。

当外国公司进入白酒行业时，人们普遍乐观地认为，白酒即将快速向海外扩张。外方的管理者也积极地鼓励这种猜测。"是的，当然，白酒会对一些人的口味构成一定的挑战。"在我们第一次谈话中，麦克弗森说起白酒时说，"口味这件事有点儿玄奥，毕竟谁会喜欢自己的第一杯苏格兰威士忌？谁会喜欢自己的第一杯龙舌兰酒？谁会喜欢自己的第一杯什么酒呢？我们已经有高品质的烈酒了，但白酒与它们的味道完全不同。最关键的是，能找到一个没有独特口味的全球性烈酒品类吗？所有的品类都这样。"他告诉我，虽然计划起于中国白酒，但一直都以在海外发展白酒市场为目标。

这种雄心并没有实现。这三家最先试水的外国企业都低估了进入一个由中国白酒厂控制的高度竞争的市场的难度。

相比之下，私营企业家反而开拓出了进军海外的路径。2013年，其公司位于休斯敦的商人马特·特鲁什（Matt Trusch）开始销售一款名为"白酒"（Byejoe）的产品。他的方法是解决"酒精度、辛辣、纯度和价格"这些问题，他认为是这些阻碍了白酒被更多人接受。他从进口清香型白酒开始，先对白酒重新过滤，然后加水稀释，将酒精度降到 40%（与伏特加差不多）。在选择清香型白酒时，特鲁什相信他可以为美国的酒吧创造出一种不那么强势、更容易混搭的产品。他的产品在得克萨斯州和佛罗里达州推出后，在上市初期获得了一些烈酒奖项。

另一家采用"微调再包装"模式的公司，是法国人夏尔·朗提耶（Charles Lanthier）创办的"香港白酒"（HKB）。这款产品是把原产于四川的浓香型白酒交由一家意大利酒渣白兰地生产商进行勾兑。进入市场仅仅一年，这款白酒已经在美国和欧洲的 100 多处场所销售（为了透明度起见，我必须指出，我曾协助朗提耶找到了他的四川白酒供应商）。

其他国际白酒市场早期开拓者中，戴维·周（David Zhou）在华盛顿特区创立的"酒智"（Confucius Wisdom），以及卢氏兄弟在新西兰克莱斯特彻奇创立的"太紫"（Taizi），都是其中的佼佼者。但最吸引人的可能是位于俄勒冈州威尔逊维尔市的"稳"（Vinn）。这是一家小型手工酒厂，以两款分别用黑米和糙米酿造的米酒起家，后来又推出了用米制作的伏特加和白酒。之后，他们的产品系列中又增加了一款米制威士忌。

2013 年，我在波特兰酒厂聚集区的一间由车库改装的试饮室的房间内，见到了"稳"的联合创始人米歇尔·李（Michelle Ly）。在我们品尝她的产品时，她分享了她的家族独特的美国故事。

米歇尔出生的时候，她的家人住在越南沿海，就在中国米酿白酒之乡广西的南边。1979 年，越南政府强行将聚居着李氏华人的村落迁走。

"我们不知道我们为什么被驱逐出境。我们只知道整个村子，总共大约 1200 人都被赶走了，"她告诉我，"我们可以选择拿上能带走的东西离开。我们拿着或推着自己的财物，被他们一路驱赶。"选择留下的人可以碰碰运气，但最后也只能背着衣服逃离。"我记得每次听到飞机之类的声音，大家都会立刻弯下身躲起来。"

李家到了中国后，当地人问米歇尔的父亲潘（Phan），他为什么比家里其他人肤色黑得多，他回答说自己是个渔民。这得以帮他找到一份工作，也为他的家族逃亡建立了必要的人脉。"一个人把他介绍给了另一个人。他们吃过饭，一起喝了白酒，对方提出让他坐渔船出海，带他去香港。"在海上漂泊 57 天后，李家抵达澳门，然后又以难民身份进入了香港。不久后，威尔逊维尔市的一个教会赞助他们一家移民美国。

沿着这条迂回曲折的道路，至少传了七代的李家白酒秘方，最终到了美国。在做了二十五年"白人的中国菜"的餐馆生意后，米歇尔的父亲退休了，并开始尝试酿造米酒和白酒。2009 年，他的儿女决定创办一家酒厂，帮助父亲追求自己的爱好。他本想把酒厂取名为"Five Siblings"（五兄妹），但他们劝父亲取名为"Vinn"，因为他们兄妹几个的中间名都是这个字，意思是"无限"或"永恒"。2012 年，就在我和米歇尔第一次谈话后不久，潘与世长辞，但美国第一家本土白酒厂一直延续至今。

无论大小，这波最初的创业浪潮，共同代表了向西方主流受众推销白酒的第一次严肃尝试。很快，其他的创业者也加入了这个行列。他们都看到了白酒的未来，看到了中国白酒在国际酒吧货架上的一席之地——我猜想是介于龙舌兰酒和野格利口酒

（Jägermeister）之间——并投入了时间和资源，希望能更快一点儿将白酒推向市场。

然而，那些最容易将白酒推广到国外的中国大型酒厂，仍然是被动的旁观者。它们的资金最为雄厚，了解的白酒知识最广，动动手指头就能调动大量的资源。它们也可以从白酒的成功中获得最大的利益。但在旁人看来，它们显得无动于衷。

这种情况马上就要改变了。

我正走向假日酒店，一帮笑眯眯的、两米多高的白酒瓶状的人偶挡住了我的去路。他们眼睛瞪得大大的，嘴角挂着狂喜。有一个人向我挥手，怯生生地打了个招呼。他的袖章上写着金色的字"中国名酒销售网"。

每年 3 月，整个成都甩掉春节残留的醉意，以糖酒会的名义聚集到一座庞大的会展中心。会场外一片喧嚣。从地铁到会展中心不到 2000 米的路上人潮涌动，两个方向都挤满了人。在兜售的商品中，有各种五颜六色的酒瓶，有的是红星形状的，还有手榴弹和迫击炮弹形状的。即使以中国的超大型标准来看，这里的人群密度也令人窒息。

离开成都前，我第二次参加了糖酒会，这次去是为一个咨询客户考察白酒供应商。在其中一个房间，我和一位来自郑州的酒厂代表交换了名片——郑州离我当时认识叔叔和婶婶的城市不远。他代表的酒厂是杜康酒，这款白酒以高粱酒的传奇发明者杜康命名，也是叔叔之前为我准备的白酒品牌。我说我想找一种能卖给外国人的白酒。

"你想把白酒卖给外国人？"他说，一个疑惑的表情从他的脸上划过，"可是外国人不喜欢白酒。"这是我早已听过无数次的看法，也是中国人普遍的说法。民间传说中，西方人是粉面红发的野蛮人，不喜欢辣味食物和香味酒饮。试图将优质的中国产品卖给这些"愚昧"的外国人是没有意义的，因为他们无法认识到这种酒的价值，也不可能有足够的耐心去了解。

将白酒卖到国外？中国酒厂从 20 世纪 80 年代开始就有出口白酒的门路，但没人认为值得这么做。有出口业务的酒厂，其客户集中在移民群体和中国商人身上。在随后几十年不间断的发展中，出口白酒似乎更加没有意义了。2011 年以前，中国白酒行业销售额年增长率差不多达到了 40%，国内一帆风顺的情况下，进入波涛汹涌的水域有什么好处呢？

但随后，产能过剩、消费群体结构失衡等因素叠加导致国内白酒市场低迷，酒厂不得不尝试一些以前从未做过的事：寻找新客户。

老客户真的是老了。我在中国时遇到的大多数年轻人不喜欢大量饮酒，如果追问下去，有些人承认他们偶尔喜欢喝啤酒或葡萄酒，但大多数人都不喜欢喝白酒。他们的父辈和祖辈喝的酒太老派了。

中国在饮酒国家中堪称独一无二，因为中国人的饮酒量一般在中年时达到高峰，而不是成年后不久。由于白酒是事业成功和地位的标志，刚毕业的大学生往往不像他们的长辈常喝酒。"等下一代人到了一定年龄，就会习惯性地喝白酒了。"白酒历史学者杨辰告诉我，"在 28 岁之前，我也不喝白酒。"

几十年前，年轻白酒爱好者的缺失并不会对白酒行业构成生存威胁，因为早些年的白酒爱好者还没有广泛接触到能替代白酒的外国酒。2010 年，糖酒快讯网站发表了一篇题为《白酒，还能再时尚一点吗？》的文章。文中引用了一项针对 25—30 岁饮酒者的调查，其中 95% 的受访者表示他们更喜欢外国烈酒而不是白酒。"简单地说，"作者总结道，"中国传统的白酒行业已经老了。"

有调查显示，中国的年轻人一直以来都不喜欢喝白酒，而喜欢喝外国酒。这一代人比他们的父辈更富有，也更国际化。许多中国的精英人士都曾在国外知名大学就读，还有更多人逐渐养成了对欧美的娱乐方式的喜爱。当他们夜晚出门消遣时，不是去烟雾缭绕的宴会厅，而是去全球同龄人都喜欢的场所：酒吧和夜总会，当然还有 KTV。他们喝酒的场所不是白酒的领地。

中国的富人也在转身远离白酒。2012 年，胡润研究院发布的一份关于奢侈品消费者的报告指出，个人健康是这种转变背后的主要动机。报告认为，不喝酒、不吸烟的高净值人士"明显增加"。表示不喝酒的受访者的比重从 2010 年的 19% 上升到 2011 年的 25%，一年内人数增长超过三成。而在 2016 年，欧睿国际（Euromonitor）监测到中国的酒类消费下降了 3%。这一趋势在一个阶层社会中意义重大，因为消费者会效仿那些地位较高的人。在互联网时代，流行的喜好迅速传播到各个角落。如果一个国家的精英人士认为酒精消费与健康状况不佳有关联，那么这个国家里其他的人很快也会这么觉得。

从人口统计的角度看，为数不多的实际饮酒量有所增加的群体之一，是女性饮酒者。"今天女性喝酒并不是什么特别新奇的事情。这只是社会向前迈进的一步，"一位年轻的女性职场人士在《广州日报》上写道，"这也是女性社会地位提升的一种体现。"

传统的中国社会对妇女的尊重度很低。在儒家的社会阶梯上，妇女处于底层，介于儿童和外国人之间。在中国古代，妇女没有受教育的机会，婚姻由父母决定，还要遭受裹脚的束缚。除了有一位皇后登上帝王之位外，女性在政治和职业生活中几乎没有任何地位。在大部分历史中，酒桌上没有妇女的位置，即使出现在那里，她们也只是为男性酒客提供服务。

不过也有一些例外，尤其是在贵族阶层中。唐朝时期的宫廷女子把脸颊涂得通红，给人以微醺的感觉，而那个时代最著名的美女杨贵妃，也是最爱喝酒的。鲁不鲁乞曾抱怨元朝宫廷中男女同饮，而宋朝著名女词人李清照也经常写到自己爱好饮酒。

现在，女性可以同男性一样喝酒，但饮酒人数远远不如男性。大多数中国女性并不认为自己是饮酒者。根据李镒冲 2011 年发表在学术期刊《成瘾》（Addiction）上的研究，只有 15% 的女性说自己经常喝酒。与男性相比，女性面临的来自社会的干杯压力较小，因此他们更倾向于与志同道合的同龄人一起喝酒取乐。喝酒的时候，她们大多数人都喜欢喝低酒精度的饮品。虽然中国男女饮酒者的性别比例超过了 3∶1，但据美国农业部的估计，中国的红葡萄酒消费者中有 40% 为女性。

白酒，既不特别健康，也没那么时尚，所以不太受女性的欢迎，她们几乎只在职业场合喝白酒。女性的酒类消费模式反映了更广泛的社会流行趋势与国际潮流。

尽管西方烈酒在当下中国烈酒市场中只占了一小部分，但其普及速度远远超过了白酒。啤酒早已是中国消费最广泛的酒类饮料。市场研究公司英敏特指出，相比白酒，中国消费者更倾向于将葡萄酒和西方烈酒视为高档产品。

国饮的未来，取决于白酒行业是否愿意顺应时代发展。白酒生产者必须想方设法吸引更年轻、更多样化的消费群体。为了生存，他们可能需要将产品重新定位到非传统的场所——酒吧、夜店和KTV，因为在这些地方可以找到未来的中国饮酒者。这意味着要打破长期以来不在鸡尾酒中使用白酒的禁忌，并以创造性的新颖方式饮用白酒。

酒厂迅速做出反应。官方白酒市场崩溃的几年后，大多数主要酒厂都开始销售低酒精度的白酒，产品包装也瞄准了年轻消费者。其中，近年来最受欢迎的低端品牌之一是重庆的一款名为"江小白"的白酒，厂家把白酒装进印有青春卡通人物的时髦扁酒瓶来销售。白酒厂也开始大量生产即饮型的混合酒饮，即类似皇冠冰饮（Smirnoff Ice）和百加得冰锐（Bacardi Breezer）这样的预调鸡尾酒。

2014 年，20 世纪 90 年代被中国政府拒之门外的美国烈酒集团布朗-福曼酒业与五粮液签订了合作协议，为夜店生产加香酒精饮料。第二年，针对该公司的外资限制规定也被取消。政府也开始起草更严格的质量标准，来打消消费者的健康顾虑。

在白酒行业的大洗牌之后，酒厂不再把外国人不喜欢白酒挂在嘴边，而是开始思考如何让外国人喜欢上白酒。过去，酒厂只是满足于将产品转手卖给外国进口商，放进亚洲产品商店和唐人街的超市销售。现在，他们已经开始将产品直接销售到主流的国外市场。截至 2016 年，包括红星、贵州茅台及洋河等一些中国最大的酒厂对西方国家市场虎视眈眈，而新一波的外国投资者也准备加入进来。

2015 年，中国白酒行业开始企稳，并在一段时间内收复了大部分失地，通过降价、甩卖资产和加大线上销售渠道投入等方式实现了复苏。据研究机构品牌金融发布的《2017年酒类行业报告》显示，白酒行业的产值占当年全球烈酒总产值的近四成。但是，未来的航向早已确定。在写作本书的时候，全球白酒运动正一往无前，蓄积着前所未有的巨大动能。我也被卷入其中。

不再只是一个旁观者的我决定与首都酒坊背后的团队合作。我们与泸州老窖，也就是多年前让我对白酒情有独钟的那家四川酒厂合作，推出了面向国际市场的白酒品牌——"Ming River"（明江白酒）。这款产品目前已经在美国和欧洲的许多地方销售，并计划在未来几年内进一步扩展市场。

很多早期尝试进入国际市场的白酒品牌，都试图通过对白酒进行二次过滤来让西方人更容易接受，而我们的方法则稍有不同。我们从纽约一些最优秀的调酒师那里收集意见，将泸州老窖在中国销售的白酒勾兑出独有的风格。唯一的调整是在包装上，使用了一个我们认为更适合西方鸡尾酒酒吧的名字和设计。

我们希望让产品更容易被受众熟知。

当进入一个新的市场时，我会提前飞到那里，为调酒师和消费者举办关于白酒的课程，让他们了解白酒是什么，从哪里来。我会倒出各种白酒，并不仅限于我们自己的产品，以便让与会者发现中国白酒的复杂口味。简而言之，我们试图改变的是语境，而不是酒饮。我们从酒吧和餐厅开始，在这里，一杯白酒鸡尾酒可能会带来"陌生化"的元素。

这么做能否成功？白酒能否克服几个世纪以来的偏见，最终被更广泛的世界接受？目前还难下结论。

但从某种意义上说，中国酒已经成功了。诞生于九千年前的它是世界上最古老的酒，也是所有酒饮的共同祖先。正是中国的多样性和与邻近文明之间的相互影响，才赋予了白酒无限的复杂性。如果不是因为可能最早随商队从遥远的地方来到中国的酒蒸馏器，白酒根本不会诞生。

白酒一直以来都是一种国际化的饮品。世界烈酒大家庭中有很多这样的例子。认识到这一点，只是一个角度问题。

后记　　我们为何饮酒

杯中碧玉

-

调酒师：乌尔里克·奈斯（Ulric Nijs）

德国埃克斯多夫，Bar-Face

-

在鸡尾酒混合器中放入 5 段碎芹菜。加入约 30 毫升清香型白酒、约 20 毫升菲诺雪利酒、约 10 毫升香梨甜酒、约 20 毫升柠檬汁、约 15 毫升白糖糖浆、1/3 汤匙芹菜籽苦酒，加入冰充分混合。过滤后倒入威士忌酒杯，把一小根芹菜系结后放入作为装饰。

公元 1 世纪末，东汉文字学家许慎编纂了《说文解字》，追溯了近万个汉字的字源。许慎在条目"酒"中指出，这个字源于另一个音近字"就"，意为"完成"。他写道："就也，所以就人性之善恶。……一曰造也，吉凶所造也。"

中国古人认为，酒是一种上天的礼物，能赋予使用者以巨大的力量。在正直的人手中，酒能提升他的情操，但如果被滥用，会导致国家毁灭。酒是一个密码，解释了饮者的精神生活。

我同意古人的观点。一个人可以通过酒了解到一个地方的很多事情，也可以了解到很多关于自己的事情。

我已经离开中国很多年了，但它依然在我心中。那之后，我在布宜诺斯艾利斯、耶路撒冷和华盛顿特区生活过。无论走到哪里，我发现自己都会被吸引回中国。每一个访问中国的邀请，无论路途和时间有多长，我都会欣然前往。每当我看报纸，总是在寻找来自中国的最新消息。

作为一个堪萨斯人，注定一辈子无数次听到别人这样告诉我："没有地方像家一样。"事实上，我能想到有很多像堪萨斯州的地方，比如艾奥瓦州和内布拉斯加州。然而，没有一个地方像中国这样。我怀念它的喧嚣，怀念古老价值观与当代现实的碰撞。我怀念封闭狭隘的思想和开放视野之间的拉锯。最重要的是，我怀念在火锅旁的长长一餐，房间里人声鼎沸，水蒸气让我的眼镜起了雾，我不知道什么时候下一轮敬酒会开始，而我并不在意，因为我知道自己和朋友在一起。我很怀念这一切。

对白酒也是一样。没有别的东西能取代它。

我在中国与酒相关的经历，让我对这个国度有了更多的了解。当我的酒友们从拘谨中解脱出来后，我看到了他们的真实一面。在与我分享他们的信仰和抱负时，他们表现出了我在其他地方很少遇到的慷慨和宽容。一瓶酒见底，你会发现不寻常的美妙。

我不知道是不是白酒揭开了远东的神秘面纱，但它提供了一副镜片，让我们更好地了解那里的生活，那里的过去和现在。

酒是一副镜片，也是一面镜子。在审视自己对白酒的最初反应以及口味如何演变的过程中，我更好地理解了自己对这个世界的看法。如果我们认同这样的定律，即评判一个社会的依据是看其如何对待最弱小的群体，那么不妨允许我置换一下：判断一个社会的开放程度，必须看它如何回应另一种文化中最难以被理解的方面。如果一个地方只能通过一个狭隘的舒适区被欣赏，那么它是否算是真正被欣赏呢？我很怀疑。

当然，对我来说，这么说很容易，毕竟我对白酒充满了皈依者特有的狂热，但我也感到欣慰——我知道自己并不是个特别宽容或不同凡响的人。我也有缺点，会自以为是。如果我可以通过喝酒来更好地了解中国，那么任何人都可以。这可不仅仅是酒后的醉话。

我讲这个故事的目的，是更细致地描绘中国。所以我提醒读者，一开始这本书就说过：这是一本关于中国酒的书，也就是说，这是一本关于中国的书。如果工作完成得到位，我的意思现在应该很清楚了。

寻求相互的理解，是值得耗费一生的追求。这个目标往往让人觉得难以企及，或是可望而不可即。但无论如何，我觉得这段旅程充满了无尽的收获。经过多年的白酒品饮，我渐渐认同了道家的观点：浓郁的美酒和愉悦的交谈之中蕴含着智慧。智慧也有可能存在于其他地方，酒并不是必需的。关键不在于酒，而在于酒所揭示的东西。从不喝酒的人也能理解这本书中所讨论的一切。

但是，如果一杯白酒能使人开悟，我有什么理由不同意古人的观点呢？

- 全文完 -

附录一 中国酒大事年表

[约公元前 7000—前 5500]

　　黄河附近的贾湖村落酿造了迄今已知最古老的酒精饮品。

[约公元前 2070—前 256]

　　在夏、商、周三个朝代，酒在宗教和世俗社会中发挥着重要的作用。复杂的官僚机构对酒的生产和消费进行指导。中国大多数发酵类食物和饮品的微生物基质——曲，就是在此时诞生的。

[公元前 551]

　　孔子出生。他后来提倡酒在仪典中的使用应当适度。

[公元前 221]

　　秦始皇打败了其他诸侯统一六国，建立起中国历史上第一个统一的中央集权国家。

[公元前 206—公元 220]

在汉朝大一统政权的相对稳定时期，成功的国家垄断制度将黄酒推广至全中国。

[公元 618—907]

国际化的唐朝时期，中国进入了饮酒的黄金时代。

[公元 701]

中国倍受崇敬的诗人和酒徒李白出生。

[约公元 8 世纪]

中东的化学家很可能发明了酒精蒸馏技术。

[公元 1127]

金朝的女真入侵者迫使宋朝逃到长江以南，江南地区成为新的黄酒酿造中心。

[公元 13—14 世纪]

蒙古统治者打败了金朝和宋朝，统一中国，建立了一个横跨欧亚的帝国。高粱成为当时最普遍的谷类作物。蒸馏酒正式登上了历史舞台。

[公元 1300]

马可·波罗在远东地区的游记出版，其中盛赞中国的酒饮。

[公元 1368—1644]

　　明朝时，蒸馏酒在中国迅速流行开来，尤其受到农民的喜爱。不同地区的蒸馏酒生产者开始创造出各种近似现代白酒的酒饮风格。

[公元 1644]

　　多尔衮攻入北京，满族建立的清王朝开始统治中国。

[公元 1685]

　　康熙皇帝允许在广州等地与欧洲人进行贸易通商。

[公元 1840]

　　第一次鸦片战争爆发。欧洲列强开始在中国各地获得租界和租借地。

[公元 1878]

　　白酒在巴黎世界博览会登上国际竞争舞台。

[公元 1911—1912]

　　辛亥革命推翻了清王朝，终结了中国的帝制。不久之后，中国第一家现代白酒厂建立。

[公元 1949]

　　中华人民共和国成立。中国各地纷纷组建国营白酒厂，其中包括"红星"的前身。

[公元 20 世纪 50 年代至 70 年代]

政府巩固并重组了制酒业。白酒的生产工艺得到了研究和改良，并被整理成典。

[公元 1978]

中共十一届三中全会召开，中国拉开了改革开放的大幕。之后，私营酒厂陆续出现。

[公元 2007]

世界知名的酒精饮料生产商帝亚吉欧（Diageo）、酩悦·轩尼诗 - 路易·威登集团（Louis Vuitton Möet Hennessy，简称"路威酩轩"）以及葡萄酒与烈酒集团（Vin & Spirit）宣布与多家中国白酒厂结成战略伙伴，成为首批投资白酒行业的外国烈酒企业。

附录二　关于鸡尾酒配方

纸鹤

-

调酒师：戴维·帕特尼（David Putney）

中国北京，首都酒坊

-

将等量的浓香型白酒、阿佩罗开胃酒、蒙特内罗（Amaro Montenegro）利口酒与柠檬汁混合。二次过滤后倒入放有冰块的酒杯中。

本书的每一款鸡尾酒配方都得到了研制者的许可和配合。为了保持一致，我对配方的格式进行了统一处理。具体使用的白酒品牌也被替换成了白酒香型类别，对某些材料获取受限的读者来说，这样可能会更容易准备。所有需要浓香型白酒的配方，使用的都是明江四川白酒。"脱缰之马"使用的是 58 度金门高粱酒。"人生灵药"使用的酱香型白酒是贵州茅台"飞天"。"杯中碧玉"使用的是杏花村青花 20。

"脱缰之马"是由纽约布鲁克林盈成餐馆的酒饮总监杰西·沙贝尔研制的。盈成餐馆是由乔什·顾（Josh Ku）和特里格·布朗（Trigg Brown）创立的，旨在推广当代美式台湾风味菜肴，并采用台湾流行的清香型白酒金门高粱酒作为店酒。沙贝尔的"脱缰之马"是本书的第一款鸡尾酒配方，我永远对其怀有感激之情。这款酒是"飞行鸡尾酒"[1]的带刺浆果翻版，是一款很好的庭院开胃酒，与盈成餐馆的卤黄瓜和臭豆腐搭配非常合适。

"四川酸饮"是与纽约 Glady's 餐厅的酒吧负责人香农·马斯提弗合作开发的明江鸡尾酒的美好成果。她也是《提基：现代热带鸡尾酒》一书的作者。

"猴子写诗"首次出现在纽约下东区 Kings Co Imperial 餐厅鸡尾酒单中。居住在纽约的酒饮顾问贾斯丁·莱恩·布里格斯是最早采用白酒制作鸡尾酒的人之一。这款饮品的名字取自新加坡诗人乔舒亚·叶（Joshua Ip）的同名诗作，经作者同意，转载于此：

啊，诗人，还有你们时常高速运转的大脑，

你们筹划的各种革命性创新，摇摇欲坠，

还是回到了早已被人熟知的陈词滥调：

有人早就写过那个，一样的路数，

无论你们如何绞尽脑汁，费尽心思，

胡乱涂写，只为搞出一点儿新鲜劲儿，

或把老掉牙的东西改头换面，但名词还是名词，动词还是动词——

还是写了这么多押韵的垃圾。

老猴子来替你解围，这里，快看我的打字机：

1　由纽约调酒师雨果·恩斯林于 20 世纪初创制的一款鸡尾酒。——译者注

古色古香，装饰派艺术风格，真正的旧货，

我的文艺装备已经就位。

现在，再配上猴子仆从十万只：

咱们随便敲击都会写出百万首蹩脚诗，

但敲上一千次按键就能让你心碎。

"人生灵药"也是由为我调制了第一杯白酒鸡尾酒的保罗·马修精心制作的。这是一款独特的鸡尾酒，结合了白酒的不同风格，灵感来自中国古代道教炼丹师的追求，他们寻求平衡不同的元素，以创造出一种长生不老的药水。马修是伦敦"Demon, Wise and Partners""Arbitrager"和"The Hide"三家酒吧的所有者。

"黄饮一号"是唐·李的作品。他与戴维·阿诺德（David Arnold）是纽约曼哈顿 Existing Conditions 酒吧的共同所有者。唐·李是一位富于创新精神的调酒师。在制作鸡尾酒时，他利用自己的理科背景对味道做出了精湛的理解。另外，他还研制了一款"黄饮"、两款"红饮"和"BJ 博士"（最后这款全名为"胡椒、白酒和苦精博士"）。

"杯中碧玉"是由德国 Bar-Face 酒饮咨询公司创始人乌尔里克·奈斯研制的。乌尔里克为世界上许多领先的白酒生产商开发了饮品，包括我曾经尝试过的最好的酱香型白酒鸡尾酒——"财富酸饮"。这款特别的酒突出了汾酒风格的清香型白酒的青草香与芹菜气息的结合。

"纸鹤"是由首都酒坊的前任所有者戴维·帕特尼创制的。帕特尼多年来孜孜不倦地努力推广白酒，特别是白酒鸡尾酒。他确信地声称，自己为在华外籍人士倒过的白酒比任何在世的调酒师都要多。这款鸡尾酒配方是对纽约调酒师萨姆·罗斯（Sam Ross）的鸡尾酒"纸飞机"（Paper Plane）的再创作["纸飞机"则是对"最后一言"（Last Word）的再创作]。

致谢

这本书的问世离不开太多人的帮助。段丽是我的中文教师和朋友，偶尔还要承担研究工作，你的恩情让我无以为报。你对这个项目的热情、翻译上的协助以及后勤支援，带来的价值难以估量。我实在不敢想象，这本书没有你会变成什么样。

我要感谢所有的受访者，他们抽出时间分享自己的经历与真知灼见。感谢那些将我迎入他们的企业与家门，邀请我坐到酒桌旁的人，你们的善良周到让我受之有愧。我还要感谢帮忙安排工厂参访和行程筹划的每个人。

我的同行旅伴托德、亚力克斯和乔尔，感谢你们以及你们的肝脏。我还要对成都的朋友和酒友们衷心送上一句"干杯"：格蕾丝、约翰、沃尔特、埃坦、丹、吕静、彼得、威尔、波普、谢里、丹（另一个）、丹尼尔和收真。同样还要感谢那些挺过了上海白酒试饮的人，尤其是葡萄酒作家吉姆·博伊斯和葡萄酒大师李志延，你们的帮助让我感激不尽。

专家的水平和见识远在我之上，他们的付出更是让我非常依赖。在我最需要的时候，他们为我指出正确的方向。其中，特别要感谢钟杰、钟雨辰和杨辰，以及柯彼得、帕特里克·麦戈文和戴维·翁德里奇。我还要感谢在上海的前同事们，尤其是杰西卡·李，与我分享了她的深思熟虑并让我有幸认识了她的大家庭。格雷厄姆·厄恩肖、皮特·斯威尼和安德鲁·加尔布雷思，感谢你们不吝分享酒饮和想法，你们的见解被我写进了书里。斯科特·塞利格曼和戴维·莱夫曼也为本书的写作提供了睿智的建议。

每一位为本书贡献了鸡尾酒配方的调酒师同样应该得到我的感谢和称赞。特别是保罗·马修，几年来一直以超出职责要求的标准支持着我的工作，另外，不能不提他对推广白酒付出的努力。十分感谢为本书给出反馈的最初几位读者，除了已经在上文提及的，还要感谢凯瑟琳和我的母亲。读者如果能见到本书最初的草稿，也一定会感谢他们。

最后，我要感谢将本书变为现实的人：我的出版商波托马克图书（Potomac Books），尤其是汤姆·斯旺森和阿比盖尔·斯特赖克，我的编辑苏珊·西尔弗和安·贝克，以及我的经纪人彼得·伯恩斯坦，他努力确保我的书能找到合适的出版方。至于那些一路上与我共饮白酒的勇士，实在是多到数不清。你们所有人都让我心怀感激。

醉在中国

作者 _ [美]德力·桑德豪斯　　译者 _ 李同洲

产品经理 _ 白东旭　　装帧设计 _ broussaille 私制　　产品总监 _ 黄圆苑

技术编辑 _ 丁占旭　　特约印制 _ 刘淼　　出品人 _ 李静

鸣谢 (排名不分先后)

龚琦 王烨炜 黄家坤 乔明睿 杨慧

果麦
www.guomai.cn

以 微 小 的 力 量 推 动 文 明

图书在版编目（CIP）数据

醉在中国 /（美）德力·桑德豪斯著；李同洲译
. -- 杭州：浙江文艺出版社，2024.1
　　ISBN 978-7-5339-7377-3

　　Ⅰ.①醉… Ⅱ.①德… ②李… Ⅲ.①散文集 – 美国
– 现代 Ⅳ.①I712.65

中国国家版本馆CIP数据核字(2023)第183219号

DRUNK IN CHINA: Baijiu and the World's Oldest Drinking Culture by Derek Sandhaus
Copyright © 2019 by Derek Sandhaus
This edition arranged with Peter W. Bernstein Corp.
through Andrew Nurnberg Associates International Limited

版权合同登记号：图字11 – 2023 – 373

醉在中国

［美］德力·桑德豪斯 著 李同洲 译

责任编辑 陈园
装帧设计 @broussaille私制

出版发行 浙江文艺出版社
地　　址 杭州市体育场路347号 邮编 310006
经　　销 浙江省新华书店集团有限公司
　　　　　果麦文化传媒股份有限公司
印　　刷 天津丰富彩艺印刷有限公司
开　　本 880毫米×1230毫米 1/32
字　　数 186千字
印　　张 8
印　　数 1— 6,000
版　　次 2024年1月第1版
印　　次 2024年1月第1次印刷
书　　号 ISBN 978-7-5339-7377-3
定　　价 59.80元